VALENTIN

Ouvrage publié avec le concours
du Ministère espagnol de la Culture

Edition préparée avec le concours
de Jacqueline Chambon

Illustration de couverture :
Photo Martine Franck,
Théâtre du Soleil, Richard II *(G. Bigot)*

Titre original :
Valentin (Homenaje a William Shakespeare)

ISBN 2-86869-163-3

JUAN GIL-ALBERT

VALENTIN

roman traduit de l'espagnol par
Alain Denis-Christophe

ACTES SUD
HUBERT NYSSEN EDITEUR

The Master-Mistress of my passion

Sonnet XX

Les quelques êtres auxquels ce texte se destine n'ont pas besoin que l'auteur leur dise : ceci n'est pas la relation d'un événement, mais un Traité. C'est seulement si on le "voit" ainsi que sa teneur acquiert toute sa vérité.

Bientôt, dans quelques heures peut-être, la mort viendra pour se fondre avec moi. Elle viendra du dehors, ainsi que je l'ai toujours imaginé, comme un élément étranger, et qui n'aura pas surgi de moi-même. Elle viendra telle qu'elle arrive au théâtre, munie de sa hache, et, quand j'aurai senti sa lame sur ma nuque (à peine un contact glacial), je m'en irai là-bas, ombre portant ma tête en guise de fardeau, par les chemins inconnus que je m'attends à trouver au bord de précipices, parmi des chardons coupants et des broussailles infernales. Mais haletant d'impatience et de désir, pour le rencontrer finalement après de pénibles épreuves, en ces lieux où ses pas me devancèrent, et me précipiter à ses pieds, étant ce coupable passionné qui a besoin d'en appeler non au pardon, mais à l'amour — l'amour qui peut tout, qui veut tout. Je ne suis pas en train de délirer, quoique je comprenne bien que mon raisonnement n'appartient déjà plus à ce monde des morts dans lequel on en arrive à disparaître, à manquer son but, à perdre son image. Une autre force de persuasion m'anime et l'éclat de sa lumière va au delà de moi-même. Je pénètre dans la clarté de ténèbres qui dissimulent l'inéluctable, comme la roche peut cacher l'eau, ou la braise l'énergie du feu. Parce que c'est cela qu'il me faut, la noyade ou les flammes, pour forme définitive de mon accomplissement. Ciel ou Enfer, je ne sais. Dans l'au-delà, de l'autre côté de l'existence, passé la vibrante limite entre la vie vécue et l'inconnu, il m'attend, lui. Il m'attend stupéfait. Il me faut aller lui expliquer, lui raconter mon Amour. Me confesser à lui, qui me pardonnera, en larmes, mais joyeux, quand il saura. Quand ma révélation le tirera du noir abîme où je l'ai plongé, l'arrachera à la mort dans laquelle le précipitèrent mes mains, qui ne sont pas, je m'en rends bien compte à présent, celles d'un criminel, mais d'un être épris. *For naught I did in hate, but all in honour.* * Se dire cela, afin que ce regard qu'il eut, le dernier, plus interdit qu'épouvanté, recouvre la merveilleuse lumière de sa couleur naturelle et, en même temps, cueille (avec joie, je le sais à présent) la fleur de mon secret. Arriver là en hâte, hors d'haleine, et malgré cela craignant d'arriver, par peur de le rencontrer encore sans vie et de devoir — en sachant que je l'étreins pour la première fois, hélas ! — lui crier parmi les ténèbres, dans son oreille fine comme un

* Shakespeare, *Othello*, acte V, scène II. (N.d.T.)

coquillage, devant l'horreur de ses paupières closes : "Je t'aime ! Réveille-toi ! Je t'aime !" Comme tant de fois, pour tous les deux, la fiction scénique nous offrait la surprise indicible de saluer ensemble, sa main dans la mienne, ramenés avec grâce à la réalité par l'écho des applaudissements. J'ai besoin d'aller vers cette rencontre. De pénétrer dans le domaine de l'absolu et de réaliser là l'engagement vraiment décisif, celui qui m'attend. Celui qui, ici sur terre, tourna mal en raison des sorts contraires, ou, peut-être, parce que la loi toute relative du monde ne s'accordait pas avec la disposition sans commune mesure de mon étreinte. Rien ne peut me retenir sur ce versant par lequel mon pied glissant me conduira (ainsi la danse nous allège-t-elle du poids quotidien) pour me plonger dans la clairvoyante inconscience du vrai : aimer ; savoir avec qui partager cela, parce que cet être vous répond. Mettre à nu, sur sa poitrine pareille et distincte pourtant, la grande avalanche, comme durant cette rafraîchissante halte de Padoue où se révéla à moi, incidemment et d'une manière si troublante, la possibilité d'un abandon. Le regarder en face, dans les yeux, dimension insondable, et verser là, à la manière d'un balbutiement, à vif, ce qui m'arrive — ce qui me pèse —, la confusion de mon être, les émotions en désordre, le conflit secret de mon cœur, la vieille soif de mes sens trompés, toute cette existence qui tournait le dos à ma loi naturelle, — et le sourd écho des pas furtifs du crime, venant illuminer d'un éclair atroce la signification cachée des choses. Là où je vais, personne n'épie, pour le désigner comme un malfaiteur, celui qui aime. On est seul, dans cette solitude désertique où il n'y aura que moi — et lui — pour écouter le son de mes paroles accordées aux battements impétueux de mon cœur. Je ne serai pas absolument guéri de ma crainte. Crainte de regretter quelque chose. Et alors, quand il m'aura reconnu et me sourira, quoiqu'avec amertume (car personne ne peut oublier la face de son meurtrier), j'oserai, oui, pour la première fois, me déclarer à lui, mû par la même force qui, des centaines de fois, me fit courir sur la mince échelle et lui répéter, appuyé sur le rebord de carton, sous la nuit factice, regardant son visage d'ange, rose vive encadrée par les longs cheveux postiches qui lui conféraient une féminité de théâtre :

C'était l'alouette, le héraut du matin,
Et non le rossignol : regarde, mon amour,
quelles lignes jalouses
Tracent là-bas à l'orient les nuages
austères ;
Les flambeaux de la nuit se sont consumés
et le jour allègre
Se lève à pas de loup sur les brumeux
sommets des montagnes.
Je dois m'en aller et vivre, ou rester ici
et mourir. *

* Shakespeare, *Roméo et Juliette*, acte III, scène V. (N.d.T.)

Avec la même force dans l'expression, mais sans vers appris. Avec mes propres paroles, d'autant plus convaincantes qu'elles sont plus gauchement improvisées. Non, je ne suis pas Roméo que bannit le chant de l'alouette, ni Hamlet (ô ma pure noyée !), ni même — oublie-le, celui-là ! — l'infortuné Othello. Je suis moi, rien que moi, dépossédé des travestis de la grandeur scénique, et aussi de la pudeur, cette pudeur qui dans la vie mortelle nous embellit mais qui, comme au théâtre, peut, dans une imprévisible explosion de notre être, mettre au jour le crime. Je viens nu, tel que je suis : un homme, te confesser un secret, mon palpitant secret, que ta mort me révéla. Je t'aime. Indéniablement, je t'aime. Ne l'as-tu pas toujours su, peut-être ? Je t'aime. Je te vois aller d'un étonnement à un autre, passer (comme le soleil à travers les vitraux de la cathédrale) de l'amarante au pourpre, du saisissement de la mort au saisissement de l'amour. Mais, dis-moi, qu'y a-t-il là de mal ? Qu'y a-t-il là de terrible ? Je t'aime : entends bien cela. C'est tellement simple, tellement fatal. Pour moi aussi, ce fut une découverte ; aussi étrange qu'elle peut t'apparaître à toi, et aussi irréfutable, je ne le sais que trop ! Tellement hors de ma portée et tellement évidente, autant que le soleil lorsqu'il surgit, que la tempête lorsqu'elle éclate. Qui pourrait s'opposer à cette puissance ? Ainsi, alors que mes mains étaient encore posées sur ton cou tressaillant, je sus brusquement tout : je sus que cette obscure tourmente qui m'avait entraîné jusqu'au crime s'appelait l'Amour. De savoir cela, comme si un éclair sinistre avait illuminé les profondeurs de mon être, je rugis, vraiment je rugis, pour t'avoir tué, perdu, mais en même temps — rends-toi compte : en même temps ! — ainsi qu'un vêtement et sa doublure forment, quoique distincts, un seul corps indissociable, je sentis que s'éclairait de jubilation une parcelle de mon cœur navré. Je criai, je pleurai, je me laissai conduire dans un état d'hébétude. Mais je t'avais ! Je savais, enfin, que tout s'était fait par toi et pour toi : ma vie, ta mort, et, entre ces bornes, le souvenir irrésistible de tous les mouvements vécus devint soudain une sorte de trésor scellé, dont plus personne ne pourrait me déposséder, que nul ne pourrait m'arracher. Et cette conviction de tenir l'indéracinable, je confesse qu'alors que tu gisais inerte, pareil à un marbre tiède, elle suscita en moi de la joie. Oh ! pardon, pardon ! Ce sont des mots insensés, je le vois, qui sonnent horriblement et que les hommes se dissimulent, comme fait le serpent dans sa broussaille. Ici toutefois, rien n'importe sinon notre intimité la plus haute, l'inconfessable, et nous devrons nous nourrir d'elle comme d'un air tonique… Non ! ne fais pas trop d'efforts pour te relever. Attends que tes forces se mettent à acquérir l'élasticité que, dans la vie terrestre, on nomme grâce ; on est moins lourd, ici. Tu verras : appuie-toi à mon bras, sans forcer, petit à petit, avec naturel... Pose maintenant la tête sur mon épaule... Ainsi... Incline-la. Avance en respirant doucement. Le battement que tu sens contre ma poitrine guide tes pas. Tu vois ? On s'en retourne à la vie : cet azur, ce souffle ! C'est la mer et la fleur de Chypre. Pense que ton corps est indemne ; ni maladie ni défaillance n'ont miné la vigueur de son maintien. Tout juste un convalescent, voilà ce que tu es. Déjà le rose est revenu à tes joues, et le parfum à ton haleine. *Si de pareilles tempêtes produisent de tels calmes, que les vents soufflent jusqu'à ce qu'ils aient réveillé la mort.* * Trembles-tu, peut-être ? Tu ne parais pas accorder confiance à l'endroit dans lequel nous nous trouvons ; puise en moi ton assurance. Ce ne sont pas les frises du théâtre, ce n'est pas la fiction. Ce n'est pas la rumeur du public, l'approbation émue de ces étrangers. Ce ne sont pas les occupations quotidiennes, qui se lèvent avec le jour, puis s'éteignent. C'est la vie, Valentin ! La Vie Eternelle ! Plus de jeu ni de rôles pour nous. Nous sommes !

...Je viens de recevoir la visite du chapelain. *The Chaplain of Her Highness !* avait annoncé le geôlier. C'est un homme duquel semblent se dégager, à l'instar de tant d'ecclésiastiques distingués, amabilité et éclectisme.

* Shakespeare, *Othello*, acte II, scène I. (N.d.T.)

Son maintien, les inflexions de sa voix, l'aspect, comme confidentiel, de son éloquence, tout inspire une espèce d'accommodement facile, une élégante résignation. Inspire... ce n'est pas le terme. Les hommes de ce genre, on les voit ou on les écoute, en tout cas on les respecte — mais m'inspirer quelque chose ! Quelle différence avec le moine : quel isolement chez ce dernier, quelle concentration, et comme il joue son va-tout ! Il resterait beaucoup à méditer sur ce thème éternel, sur ce même sujet qui toujours revient... Soyons moins avare en détails. Il arriva ; on lui apporta un tabouret qu'il épousseta avec son mouchoir avant de s'y asseoir. Etant donné qu'il me connaissait pour m'avoir rencontré à Windsor, il me parla avec une affabilité qui, par sa discrétion, relevait plus des propos de cour que de la confession. C'est un homme déjà vieux, quoiqu'exempt d'infirmités, et il sourit toujours, autant par éducation que par tempérament personnel, sans doute. On voit bien qu'il ne comprend pas un mot à ce qui s'est passé. Mon acte lui inspire de l'horreur, mais non au point d'avoir à se forcer pour me tendre la main. Adopter une attitude énergique lui serait plus insupportable que n'importe quoi. Envers moi, il ne ressent qu'une indifférence mêlée de compassion. Mais il est tenu par son ministère : il voudrait que tout s'achevât bien. Tout débordement le gêne comme une infraction : soyons discrets, soyons prudents. Détonner, c'est offenser l'oreille. Homme fait pour officier dans la crypte de sa chapelle Plantagenet guettée par la moisissure ; pour émietter du haut de sa fenêtre, quand sa messe est finie, un quignon de pain à l'intention des oiseaux ; à l'heure où les flambeaux sont allumés, fait aussi pour bavarder au salon avec les dames pendant que, penché sur son échiquier, le maître de céans souligne de blasphèmes les coups de son adversaire. Il m'a dit : "Mon fils, les desseins de Dieu sont insondables. Et celui qui est tombé au plus bas, pourquoi ne finirait-il pas par être touché au plus profond ? La résurrection implique la mort. Médite bien cela." Et il s'en est allé en oubliant de me donner l'absolution, mais en glissant entre ses dents : *Ego sum via, veritas et vita.* Ce qui, nonobstant la douceur avec laquelle les mots furent prononcés, me laissa songeur. La vérité et la vie ? Quelqu'un se désignerait comme la vérité et la vie ! N'est-ce pas troublant ? Surtout quand ces paroles n'ont pas été dites avec la morgue qu'elles acquerraient sur les lèvres d'un tyran, ni même avec la suffisance du sage ; quand celui qui les prononce, sur un ton secret qui vise d'autres valeurs (mystérieuses ?), est un vagabond... La vérité et la vie ! Cette vérité, la vie, elle doit se trouver en chacun, en moi-même comme à l'intérieur de lui, et elle sera l'éclosion de ce je ne sais quoi que nous portons au-dedans de nous et qui, chez certains, se dégrade, devient chez d'autres une force trompeuse et, dans la plupart des cas, n'arrive pas à affleurer ? Sujet risqué, dont mon ecclésiastique n'eût pas permis que je sorte sans avoir de comptes à rendre. Avec les prêtres, quand quelqu'un prétend être authentique, il se mue *ipso facto* en hérétique. Et alors, ou bien nous reculons, ou bien nous nous retrouvons entre les mains d'un pouvoir — pouvoir ou ombre — confus et déconcerté. Il en est ainsi lorsque nous devons appeler hérésie la vérité, cette vérité qui, croyions-nous, nous accompagnait au tréfonds de l'être, nous était comme un chemin de vie (la vérité et la vie) et qui — à croire ce qu'on nous en dit — nous trompe, nous enjôle, nous maintient dans l'erreur, fait de nous l'erreur et l'hérésie mêmes, nous attirant ce reproche que je ne comprends pas, ou plutôt, qui me peine : notre spontanéité serait mauvaise. Les propos que je tins au chapelain, les voici : je ne voulais pas être gracié. Je demandais que ma condamnation fût exécutée dans toute sa rigueur — celle que mérite l'affaire. Il comprit mal et demanda, sur un ton de complaisance : ''D'après ce que tu déclares, on voit bien nettement que ton repentir est sincère... N'est-ce pas vrai, mon fils ?'' Pourquoi lui aurais-je menti ? J'ai opiné, afin de ne pas susciter dans son esprit un trouble superflu, qui ne correspondrait pas à son caractère. Lui dire : je veux mourir, mais non pour les raisons auxquelles il aurait aimé donner son approbation. Je sais bien que cette dernière et aveuglante espérance est de nature singulière et que seul peut la comprendre celui qui l'a éprouvée dans sa chair ; ce n'est pas là un vœu fait pour être compris, mais pour être réalisé : il faudrait se sentir être cette espérance elle-même. Elle règne si puissamment en nous que nous lui obéissons presque sans nous en rendre compte, comme s'il s'agissait d'une fin naturelle.

Femme admirable — je préférerais dire : créature admirable —, la Reine comprendra, c'est sûr. Elle sait qu'on peut tuer par amour et que ce savoir-là, étant de nature particulière, ne supporte pas qu'on le divulgue : détaché de son cadre, il perd sa fatalité et devient coupable. C'est donc à Elle que j'ai adressé ma supplique : je ne demande pas la vie sauve, mais une chose moins immense, une semaine de vie. La vie, pour moi, n'est plus de ce monde, mais elle l'a été. Et pour cette raison je veux laisser un témoignage des aspects qu'elle présenta pour moi, dire sur quelles prémisses à nulles autres pareilles les faits se sont peu à peu enchaînés. Pour Elle je laisse ici, *in extremis*, ma confession qui, de cette manière, servira aux deux justices, celle de la terre et celle de l'éternité : *I pray you : speak me as I am.*

Je commence donc : depuis ma tendre enfance, le théâtre a constitué ma vie. Mon père était acteur et acrobate en même temps.

Il jouait des comédies mais, avec ses compagnons de profession, il devait improviser, sur les places des cités, des spectacles d'adresse et d'agilité sur lesquels s'achevait la fête. Exécutant, depuis un haut tremplin, un des numéros qui lui avaient valu son renom dans la contrée, un de ses sauts de la mort, c'est cette dernière, en effet, qu'il rencontra un soir. J'avais dix ans et, ainsi que je l'ai compris depuis, je ressentis plus sa perte comme l'accès à mon destin que comme un cataclysme — à mon destin autonome, veux-je dire. Non que je n'eusse aimé mon père : j'imagine que ce fut le cas, quoiqu'à cet âge il ne s'agisse pas tant de tendresse que de se sentir épaulé. C'est lui qui servit de guide à mes premiers exercices physiques et qui établit les bases qui devaient faire de moi, du moins sur la scène, un bretteur expert. Mais mon tempérament était plus contemplatif que batailleur, ou peut-être mes débats étaient-ils d'une autre nature, où les épées ne jouaient pas un grand rôle ; c'était du moins ce que je croyais. J'ai aimé mon père, mais ma mère a eu une autre signification ; si le père m'a été arraché, j'ai en revanche pleinement connu les ressources maternelles, je m'en suis nourri. Ma mère était pareille à la nature elle-même — enveloppante et tranquille — comme une couverture dont la chaleur serait celle d'un cœur. Rien ne se peut comparer à cela, à sa présence souveraine, à son ombre protectrice, à sa vigilance tellement instinctive, presque animale. Cette protection n'est pas de type social, comme celle que dispense le père ; son champ est plus étendu. Et pour ce qui me concerne, il est certain que, dans le cas où la disparition aurait été celle de ma mère, elle m'aurait manqué davantage. Ai-je été heureux avec mon père ? Je ne sais pas : il était impulsif, nomade, instable ; elle, résignée. Se consacrant au métier de couturière, elle confectionnait aussi des déguisements et des perruques, des atours destinés à la fiction, au théâtre, et son sérieux, joint à sa conscience professionnelle, lui valut parmi les comédiens la réputation d'être une femme de caractère, à qui certains confiaient leurs malheurs, et d'autres leurs économies. Dans les derniers temps de son existence, j'ai éprouvé la sensation qu'elle souffrait, sans bien savoir si c'était d'une douleur physique ou morale, ou bien était-ce qu'elle eût souffert au long de sa vie, mais, du fait qu'elle ne parlait jamais de cela, cette peine dégageait une sorte de nimbe et lui communiquait, au cœur même de sa modestie, un je ne sais quoi d'insigne. Toujours occupée à quelque tâche, sans manifester pourtant d'agitation, elle y vaquait tranquillement et jamais je ne l'entendis traiter qui que ce fût avec aigreur. Si, en fin de compte, le pourquoi de cette résignation à son sort n'a été pour moi d'aucun usage, j'y ai trouvé le témoignage le plus énigmatique de la condition humaine, dans cette manière de vivre dans le monde en acceptant consciemment ses limites, en marge de toute ambition et extravagance, fidèle à une réserve naturelle qui, bien que nous ne puissions l'imiter (je m'y suis révélé inapte), nous instruit et nous réconforte. Je lui dois tant de choses que c'en est incalculable ; à mon père, je dois ma profession, mais je tiens de ma mère ce champ sans limites qui va de la correction à table jusqu'au maintien devant l'autel : respect en face du pain, égards dus à Dieu. Sentis non pas comme des formules, mais comme les formes mêmes de la vie — une sorte d'élégance innée, puis-je dire. Une seule fois, je vis ma mère, sortant de sa retenue ordinaire, s'exprimer avec acrimonie, voire avec indignation. Bien des années se sont écoulées depuis. Ce fut au moment où, sous le règne de *Queen Mary*, elle vit cheminer vers le bûcher un apothicaire de notre voisinage qui n'avait pas voulu abjurer ses convictions et s'était risqué à nier, devant un tribunal qui jugeait de ces matières, la présence de Dieu dans l'hostie consacrée. Quelque chose survint alors, que j'entrevis dans un de ces accès de lucidité qui, trop rarement, traversent un cerveau d'enfant : bien que croyante, ma mère condamna l'exécution ; mon père, mécréant, haussa les épaules. J'ai vu depuis que le monde se mouvait dans cette contradiction flagrante. Années de l'enfance, malgré les menaces qui pèsent sur vous, quel bonheur dans votre délicieuse absence de responsabilité, quel bonheur dans votre ignorance, dans ce sentiment que l'on est protégé, que la maison est un refuge, la vie une croissance organique sans heurts, les parents, avec la sûreté qu'ils inspirent, nos divinités protectrices ! Se souvenir de vous, c'est comme boire, dans la campagne, l'onde d'une source, faite de tout, faite de rien.

Et me voilà soudain transformé en acteur, récitant, bretteur, héros, assassin. La scène ! Je ne conçois pas d'autre profession, d'autre aventure, d'autre travail auquel vouer mon ardeur. Aurais-je pu être autre chose que ce que je fus et que je qualifierais d'être changeant, qui (du fait d'un talent qui nous est accordé et prend pour nous tenter les masques contraignants de la nécessité et même de l'indigence) paraît résumer en soi le caractère protéiforme de l'âme des autres, prise sur le vif et immobilisée pour quelques instants dans notre cœur, comme si — par un don instinctif d'ubiquité ou, qui sait, parce que se manifeste en nous un esprit multiple — nous nous prêtions à l'incarnation physique et dramatique d'un être transitoire et toujours différent, en l'animant de notre souffle ? De quelle intensité est l'éclat de la scène, l'inquiétante projection personnelle dans le néant du monde ! Quel plaisir je te dois, occupation fiévreuse, dépassement qui stimule, abattement ! Rien ne pourrait se comparer à cette vie transfuge dans laquelle l'acteur fait songer à un diamant chatoyant : par-dessous les facettes de celui-ci, le colorant comme la manière d'un peintre ou l'accent d'une musique, nous révélons une présence corporelle qu'on ne saurait confondre, celle d'un être qui se voue à l'expression et se transfigure perpétuellement sans cesser d'être lui, lui et pas un autre. Je remercie vraiment, parmi les sorts, celui qui m'a offert, entre toutes les tâches auxquelles l'existence de l'homme se voit soumise, le métier qui, au lieu de réduire le champ vital, le dilate. Et d'ailleurs s'agit-il bien d'un métier ? Cela ne semble-t-il pas être davantage qu'un devoir : une grâce, un luxe ? Qu'on puisse accomplir, au sein de sa fonction, un travail aussi libre et, en même temps, aussi fondamental, puisqu'il s'adapte naturellement, souplement, à la modulation expressive de la vie elle-même ? L'acteur exprime l'art ainsi que l'eau le fait pour la fraîcheur et le soleil pour la lumière, parce qu'il porte en soi le secret des principes qui le constituent, la générosité bien concrète de ses aptitudes inaliénables. Dans cette situation, on s'adonne à un travail sans le considérer comme un esclavage ni même comme une obligation, mais simplement en tant qu'expression. Ainsi, j'ai vécu ma vie théâtrale comme une forme de la liberté. Tâche où la rétribution ne dépend pas des horaires, tâche épargnée par le confinement monotone et l'ennui sédentaire des bureaux, où changent le lieu, la lumière, le public ! Labeur nomade et enthousiaste, qui naît avec la nuit et se repose pendant le jour ! Je sais bien que ceux qui montent sur les planches n'ont pas tous été marqués par le destin pour mener leur projet à son terme ; il y a les routiniers, les inauthentiques, qui partagent notre vie et semblent nous accompagner dans notre mission, alors que celle-ci n'est pour eux qu'une besogne ; ils pourraient réparer des chaussures ou transporter des marchandises sans que ces nécessités impliquent une déformation ou un relâchement dans leurs âmes. Comme en d'autres domaines de l'existence, le destin s'offre à quelques-uns : ce sont ceux qui reçoivent la grâce et avec elle, fatalement, son inévitable fond d'inquiétude et de souffrance. Sans cette inquiétude, sans ce déchirement, on n'arrive à obtenir que peu de chose possédant quelque valeur. Y compris chez nous, qui passons pour divertir les autres. Etrange diversion dont la trappe, arrachant les gens aux conventions de leur vie et de leur langage, les aiguillonne en les faisant pénétrer par surprise dans les tribulations labyrinthiennes du drame humain, dans les incertitudes et les perplexités de l'âme changeante.

Mais dans ma vie intervinrent d'autres influences qui devaient me constituer tel que je suis et faire de moi, comme j'ai pu quotidiennement le vérifier, un être distinct de mes compagnons de métier, en me donnant certaines connaissances dont ils étaient dépourvus et qui me firent tomber sans rémission (par goût et par habitude) dans le climat séducteur des livres, où notre esprit finit par absorber un aliment aussi essentiel que l'est l'oxygène pour les poumons. Les choses se passèrent comme suit : il y avait dans notre contrée, proche d'eaux thermales et bâti dans l'épaisseur d'une hêtraie qui lui appartenait, un couvent bénédictin avec lequel ma mère entra en relation, du fait qu'un des moines était un parent éloigné ; elle allait s'y confesser et elle en ramenait pour notre table, selon la saison, des légumes, des fruits et, à l'occasion de certaines fêtes, quelque volaille bien grasse ou même quelque agneau de lait. Ce Père Thomas Volsey gérait les revenus du patrimoine et pratiquait la charité avec une telle largesse qu'il en arriva à soumettre l'ordre à un régime d'une extrême sévérité — taxée par d'aucuns d'immodérée. C'était aussi un homme d'étude, passablement érudit. Il passait des heures entières dans la bibliothèque, salle profonde et remplie d'incunables, au-dessus de laquelle le silence paraissait étendre ses eaux, manifestant la volonté catégorique d'y favoriser l'étude et y acquérant une dimension obstinée, mi-incorruptible, mi-désolante. Ma mère invoqua mon état d'orphelin pour obtenir qu'on m'employât à des tâches diverses, qui allaient de la sacristie au potager en passant par l'odorante distillerie où se fabriquait une liqueur verte, âcre et sucrée à la fois, qui était l'orgueil de la maison. Mais, en même temps que j'étais soumis à ces disciplines domestiques, je m'instruisis : j'appris le latin, déchiffrai le grec et, bénéficiant de la faveur du Père Publio, un Romain au profil énergique, sur qui l'étamine monacale tombait comme une toge de sénateur, je lus et commentai la *Commedia* de Dante, qui depuis lors a été pour moi le recours le plus haut et le livre de chevet. Tout cela se passait entre mes onze et mes seize ans. Quand la puberté commença de se manifester, je fus réclamé par Arnold, le frère de mon père, qui voulait que s'accomplît le souhait de celui-ci : que je fusse acteur. Ma mère avait pensé — et peut-être était-ce une crainte — que le couvent finirait par opérer sur mon imagination sa secrète influence. Mais, quoique cette influence ait été évidente et qu'elle ait marqué mon naturel d'une manière brumeuse, par une sorte de demi-pénombre qui, au lieu d'enténébrer mon caractère, lui confère plus de profondeur, il y avait en moi, par ailleurs, quelque chose qui était, sinon opposé à l'empreinte du couvent, du moins différent d'elle : je ne sais quelle libre avidité, l'épanchement senti comme une espèce de nécessité, l'ardent désir d'une existence heureuse, avec d'autres ; tout ceci ne m'apparaissait pas comme l'aboutissement de la discipline, plutôt comme l'expression d'une spontanéité, et faisait que le théâtre et sa licence, étrangement, me séduisaient autant que le cloître et son recueillement. Cet oncle Arnold était bon comédien, meilleur que mon père, mais homme tellement adonné à la ripaille et surtout si porté sur le vin, qu'en conséquence de ses excès, il fallut l'enfermer à moitié fou dans un asile-forteresse, où il bénéficie d'un traitement de faveur : quand il retrouve comme par caprice sa clarté d'esprit, il déclame devant les internés les tirades tragiques qui lui avaient valu une réputation bien méritée. Il fut le créateur du rôle d'Antoine, auquel il communiqua cette désinvolture grandiose, cette sensualité coupable et noble à la fois, que son auteur lui imprima comme s'il avait voulu nous montrer dans ce personnage la vigueur classique vaincue par l'exotisme du Sud. Arnold, en effet, s'était fait une spécialité des œuvres de William Shakespeare, lequel, encore aujourd'hui, ne passe point dans les environs sans lui rendre une visite, laissant quelque argent en guise de secours amical à celui qui, dit-il, l'a aidé d'une manière si personnelle à devenir populaire. C'est dans ce culte que je me formai. Et, sans abandonner d'autres auteurs (en particulier le grand Marlowe, que j'ai fréquenté), à mesure que pâlissait l'étoile de mon tuteur, je me mis, dans le répertoire shakespearien, à reprendre ses emplois et — pourquoi ne pas le dire ? — à n'être pas indigne de sa renommée. A cela près que, s'il excellait dans les rôles d'Antoine et de Macbeth, je fis miens l'intelligence d'Hamlet et les battements de cœur de Roméo. Quant à Othello, pour l'heure je préfère me taire, jusqu'au moment imprévu, imprévu et inévitable, où je fis corps avec lui.

Mon premier rôle important fut celui d'un jeune amoureux dans *Comme il vous plaira*. Nous donnâmes l'œuvre à Londres, au théâtre du Cygne ; le lendemain, je ressentis pour la première fois, toute futile qu'on puisse la trouver, une bouffée de vanité lorsque, dans la rue, on me reconnut à ma physionomie, et ce fut, pour être précis, en traversant devant le Parlement, un peu perdu dans mes divagations. Avant cela, j'étais passé — brièvement, il est vrai — par toutes sortes de nobles, de domestiques, de matelots et ''autres personnages de la suite'', qu'oncle Arnold imposait parce qu'il les jugeait indispensables pour qu'un destin d'acteur, dès le départ, s'appuyât sur de solides assises. Par contre il ne voulut jamais que j'incarne des femmes. Il me semble qu'il n'était pas sur ce point conforme à la tradition ; d'après ce que je sais de lui, il devait plutôt y achopper, malgré le respect qu'il lui portait. Ce qui contribuait sans doute à lui faire adopter cette position, c'était le rôle prépondérant que jouait dans son existence le sexe féminin et la difficulté qu'il devait y avoir pour lui à accepter dans ce domaine quelque convention que ce fût, quand bien même elle serait motivée par la morale et par l'art et ferait, depuis les origines du théâtre, l'objet d'un *consensus* général. En ce qui me concerne, il est vrai que, même si mon physique n'était pas déplaisant, son ossature assez accusée ne se prêtait pas à l'idéalisation requise pour de telles transmutations qui (pour évoquer l'effet recherché) entretiennent le public dans la suggestion de la femme, en même temps qu'elles le dégagent de la contrainte sensuelle de sa présence. Le nœud de mes malheurs — de mon âpre plaisir, hélas ! —, voilà ce qu'a fini par être pour moi cette particularité sur laquelle je ne fixais pas mon attention, habitué comme je l'étais, dès l'enfance, à voir avec quelle désinvolture les garçons des compagnies troquaient devant moi leurs chausses contre des jupons, ou enfonçaient la perruque de boucles blondes sur leurs fines têtes de rapaces. D'ordinaire, ils sont encore imberbes, quoique d'aucuns, s'étant savamment spécialisés dans la simulation de certains charmes, s'installent dans cet emploi pour plus d'années que ne semble l'autoriser l'adolescence. Parmi ceux-ci, quelques-uns passent naturellement à leurs rôles virils, à la façon dont le printemps se change en été ; d'autres, marqués par une habitude mauvaise, ne réussissent pas à concilier leurs inflexions avec les exigences de leur véritable sexe. De toute manière, ces garçons-femmes n'en sont pas moins adulés, comme s'il leur incombait d'être dépositaires d'un talent particulier, dont personne ne discute la contribution singulière et qui ne laisse pas d'auréoler d'étrangeté la nature fictive de leur personne. Jamais, pour ma part, je n'avais envisagé en eux aucun détail qui me les présentât sous un jour favorable ou contraire ; je me liai avec quelques-uns, avec d'autres ce ne fut pas le cas, ainsi qu'il arrive avec le commun des hommes, m'en remettant à la sympathie ou au rejet qui s'établit spontanément entre les êtres, mais sans prêter attention, c'est sûr, à ce qu'en dessous de leur fiction ils pourraient représenter, ou comme expression différente d'une tendance de l'âme, ou (je crois que c'est le cas de la majorité) comme simple déformation de type professionnel, dépourvue de conséquences. Mon naturel est enclin à l'attachement, encore que, sans être renfermé, il aime la solitude — pour des raisons qui m'échappent.

Je venais d'avoir vingt-cinq ans lorsque, au cours d'une *tournée** qui incluait les bourgs d'Ecosse, Butler, notre directeur, entrant dans un petit théâtre provincial, découvrit un soir Valentin. Moi, je n'eus pas la possibilité de le voir, puisque nous donnions quotidiennement *Les Deux Gentilshommes de Vérone* et que je ne disposais pas d'une doublure qui m'eût permis de m'y soustraire. Mais, dans les loges, on parla de lui avec ce mélange d'enthousiasme et de prévention par lequel tout nom nouveau est accueilli, chez nous autres ; enthousiasme, dans la mesure où, avec lui, c'est la profession entière que nous valorisons, et prévention, compte tenu que nous sentons inévitablement sous l'éloge, au plus vif de nous-mêmes, la morsure de la

* En français dans le texte.

vanité. Je crois me souvenir que Valentin interprétait le rôle de Porcia et, d'après la rumeur, son apparition sur scène se traduisait dans le public par un de ces arrêts de la respiration qui produisent dans les salles une sensation de vide. Butler se promit d'acquérir pour notre troupe le joyau qu'il avait découvert et il fit toutes les démarches qu'il put, déploya toutes les suggestions dont il était coutumier pour décider le garçon à trahir son engagement et à venir partager les hasards de notre étoile errante. Je ne sais pas bien où je le vis pour la première fois : certainement la nuit venue, dans une taverne où nous avions nos habitudes et où un violoniste lombard faisait entendre les mélodies de son pays, dont nous n'arrivions pas à définir si elles étaient tristes ou joyeuses, tellement elles exprimaient, en la coulant dans leur ligne musicale, la mélancolie de la création. Mais ce fut le jour suivant que je pus contempler Valentin à mon aise, loin des lueurs des chandelles et des vapeurs du vin, quand il arriva pour nous voir, vers midi, dans le petit jardin rempli de rhododendrons qui jouxtait notre résidence et dans lequel, par le beau temps qu'il faisait, nous répétions sous le feuillage des arbres. Il apparut relativement timide, sans que cela pût nous dissimuler la grâce subtile qu'inscrivait dans l'air toute sa personne. *Biondo era e bello, e de gentile aspetto*. Et tous, nous ressentîmes (certains, avec une pointe d'envie) cette fascination soudaine qu'exerce l'humain lorsqu'on dirait que, par choix, la nature a réalisé, pour nous émouvoir, un chef-d'œuvre. Comme sa simplicité réduisait les distances, on l'accueillit en camarade et on insista, mi-figue, mi-raisin, pour qu'il fût des nôtres. Je ne sais pas trop pourquoi j'intervins à peine et me bornai à assister à cette poursuite du cerf dans la chasse gardée, sans doute désireux qu'elle réussît mais sans participer décidément au harcèlement. Valentin, qui déclara être mécontent des obscurs désaccords qui régnaient dans son groupe, parut conquis par nos marques de sympathie et décida avec Butler son incorporation dans notre troupe, laquelle eut lieu un mois plus tard à Birmingham. Nous trinquâmes à l'avenir et, sans que ni lui ni moi nous soupçonnions le plus vague signe de notre destin, celui-ci se trouva scellé pour tous les deux. Il avait quinze ans, j'avais dépassé les vingt. Cinq années se sont écoulées depuis ce jour ; le temps a été à la fois court et long. Un court terme de bonheur pour une tragédie d'une telle éternité.

Il me reste beaucoup à dire — et c'est le plus difficile à exprimer, hélas ! L'être est plus saisissable que la manière. Je veux dire que les choses s'imposent par elles-mêmes, telle est la force de leur réalité, mais en revanche leur comment, leur pourquoi nous déconcertent toujours en même temps qu'ils nous étonnent, si intimement nôtre que soit l'événement. Peut-être cet étonnement est-il — et peu importe l'inquiétude, le malaise même qu'il provoque en notre âme — ce qui donne à la vie humaine, envisagée comme ligne d'action, sa raison mystérieuse. Si un jour l'homme arrivait à dominer entièrement les motifs de sa conduite, cela vaudrait-il la peine de continuer à vivre ? On entrerait sans doute dans une phase d'accommodement, qu'on pourrait rapprocher uniquement d'un état végétatif dans lequel continueraient à s'accomplir, souterraines, les fonctions organiques, déjà dégagées de leurs bouleversements psychiques — sans peine ni gloire... Un attrait de ce genre est encore loin et la tâche qui nous incombe, en tant qu'hommes, paraît à certains moments avoir déjà pris figure, tandis qu'à d'autres heures, au contraire, elle se présente à nous comme à l'état d'ébauche, et balbutiante, puisque telle est aussi la marque de notre condition : avancer d'un pas, reculer de deux. Cela dit, les origines de Valentin étaient obscures. Personne n'y faisait allusion en sa présence, mais on murmurait là-dessus, en confidence, et ce n'était point tant un chuchotement mal intentionné qu'une manière de toile de fond sur laquelle sa silhouette se détachait avec une séduction accrue, pourrait-on dire ; cela lui ajoutait un clair-obscur particulier qui lui était propice, en raison des sentiments, mi-compatissants mi-intrigués, que suscitait la rumeur. On le supposait né d'amours clandestines et d'une certaine manière infamantes, entre une dame de très haut lignage et un inconnu : selon la version en vogue, un aventurier. C'était la fantaisie qui parlait ainsi. Mettons-la de côté : Valentin passait pour être orphelin et cette solitude explique que nous ayons noué avec lui des liens qui, par leurs engagements, excédaient ceux qui semblent courants dans de pareils cas ; ma mère éprouvait une prédisposition à faire spontanément le bien et moi, j'étais poussé par une foule de motifs. Ce fut néanmoins elle, je ne l'oublie pas, qui, mue sans doute par un de ces pressentiments maternels qui paraissent, de façon sibylline, transpercer les ténèbres, me dit à cette époque : ''Tu dois prendre garde à toi-même. — Pourquoi, mère ? lui demandai-je. — Parce que ta véhémence m'inquiète. Valentin est un ange, c'est sûr... mais il est de ce monde, ne l'oublie pas.'' Et, devant mon expression de surprise et certainement de douleur, elle ajouta : ''Non, ce n'est pas lui, le véritable sujet, c'est toi ; j'ai peur de toi et j'ai peur pour toi : c'est pour cette raison que je te dis de prendre garde.'' Paroles qui, prononcées tendrement, mais sur un ton d'avertissement inusité, me laissèrent perplexe. Que voulait-elle dire ? Sur le moment, quand l'étonnement fut passé, ce point de vue prophétique resta à flotter dans l'atmosphère, sans plus. Je me sentais si éloigné du danger que je ne fis pas attention à me prémunir contre lui. Et pourtant l'entrée de Valentin dans ma vie dut survenir tout d'un coup, produisant un de ces effets lourds de répercussions par lesquels telle créature — et pas une autre — se fixe sur la plaque sensible de notre cœur avec une telle autorité que, dès cette immixtion, nous ne sommes plus maîtres de nos désirs, comme si, dans le noyau de notre personne, quelqu'un se fût établi, qui ne fût pas nous. Mais je n'eus, me semble-t-il, cette perception de mon être que bien longtemps après. Je me trompai sur mon sentiment et ce fut dans cette confusion, à laquelle (avantageusement pour moi) tout me conduisait, que je vécus les premières années de notre rencontre, immensément heureux, entre autres choses parce que je ne savais pas ce qui m'arrivait. Je le vivais sans le savoir, bercé dans cette ignorance délicieuse, dans ce péril : voilà pourquoi j'étais heureux.

Comment cela était-il possible ? Je serai aussi impitoyable que mon examen l'exigera. Voyons donc : j'ai mis une confiance excessive en moi-même. Et l'excès était ce qui me découvrait. Parce qu'en lui était cachée la racine de mon mal. Voilà décidément arrivé le moment de confesser mon péché. Qu'on le nomme superbe, vanité, surestimation de moi-même ; je me croyais marqué par un destin sans égal. Mon péché était l'infatuation. Je me croyais à part, favorisé, intouchable. Ah ! orgueil trompeur ! rose de la gloriole, qui prétend vivre sans épines ! Je vois bien à présent comment chaque péché se nourrit de sa sève et comment on livre au plus offrant le fruit le plus boursouflé. Je vivais comme si les faiblesses humaines m'avaient dispensé de leur rendre leur tribut terrestre. Je vivais en voyant mon prochain glisser, trébucher, tomber, commettre des fautes — en me faisant plus humain devant ces failles, par compassion à l'égard des autres. Parfois aussi, sans que je pusse m'en garder, je méprisais en eux cette obéissance commune aux circonstances, de laquelle je me sentais exempté par une sorte de grâce. Sûrement ma propension à l'étude, à la réflexion, à la solitude me faisait supposer — à raison — que j'étais fait d'un matériau moins accommodant que celui dont étaient constitués ceux que je voyais chaque jour (qu'il s'agisse de mes compagnons ou, plus largement, du genre humain) succomber aux tentations de l'espèce, les uns avec déchaînement, les autres par habitude. La cuirasse qui paraissait me protéger me maintenait dans une manière de climat idéal où je m'accoutumai à humer, égoïstement, l'air de la possession de moi-même. Non que j'eusse des préjugés : mes capacités de compréhension et de jugement étaient généreuses ; la morale, dans l'acception commune du terme, n'était pas mon fort ; je pourrais dire que j'aime mieux la justice que la morale mais ce qui a eu l'air de me guider, je crois, faisant fonction de morale, a été ce que je nommerais un sens esthétique, qui ne peut pourtant pas non plus s'identifier avec ce que les pédants de tout acabit appellent ainsi. L'esthétique, pour moi, relève de la sensation et de la nécessité, c'est comme si elle conférait à la vie une dignité sans laquelle elle se courbe et perd sa forme, une forme qui n'est pas seulement une façade, mais qui en même temps porte un sens, si bien qu'elle exprime ainsi la véritable profondeur de la vie, la rend évidente, nous la fait vivre non comme un mystère mais, dans un sens, comme quelque chose de plus énigmatique : un regard clairvoyant, une réalité. L'amour n'avait pas frappé à ma porte et j'imaginai, prématurément, que je l'avais vaincu. Erreur qui me surprend moi-même, en raison de ses dimensions. C'est-à-dire que je me crus, par je ne sais quelle protection bienveillante, ou peut-être pour me récompenser de mon extrême sévérité dans le champ des émotions, appelé à me libérer de cet esclavage qu'on nomme amour et qui (comme tant d'autres manifestations de la vie humaine) oscille entre l'exaltation illicite des sens et leur morne apaisement dans les bras de la légalité. Il est clair que mes expériences comptaient pour presque rien. Quelque rencontre vénale pour suivre mes compagnons dans l'euphorie de leurs pauvres initiations ; au lieu de m'avilir, cela me fortifia dans une résolution que je confondis avec la chasteté requise par ce signe distinctif qui m'appartenait en propre. Je consentais à cette chasteté et, en intensifiant les autres appétences de mon âme, elle suppléait largement à ce que je regardais comme les usures excessives — et au fond peu payantes — de l'amour. Je découvrais dans cette attitude une espèce de disposition méprisante à l'encontre de certains abandons : je les jugeais vulgaires et, s'ils ne modifiaient pas, comme je l'ai déjà dit, ma façon de voir les autres du point de vue éthique, ils changeaient considérablement l'appréciation que je portais sur leur qualité. Les troupes vivant pour ainsi dire en dehors des voies ordinaires, l'existence théâtrale comporte une plus grande dissipation de l'être intime, si l'on considère que la représentation de passions, l'appelant et l'agitant comme des ombres, risque de plonger dans un chaos affectif l'instinct de l'acteur. Depuis l'extrême jeunesse, on respire cette atmosphère exaltée que dégage la facilité à laquelle s'abandonnent les convoitises, tandis que le désir reste là sans trouver son assouvissement. J'ai beaucoup vu dans ce domaine et j'eus même à intervenir comme médiateur, entre mes amis et des femmes de différents genres, quand ce n'était pas parmi eux, dans leurs aveuglements, leurs disputes ; en certaine occasion, j'eus à consoler la victime d'une passade malheureuse. Il est surprenant qu'un pur caprice puisse conduire l'homme au bord même du désespoir. Mais où finit le caprice, où commence le drame véritable ? Cela, on ne le sait jamais quand le démon de la passion nous aveugle ; voilà un tribut dont l'orgueil me faisait croire qu'il n'assujettissait que les autres, et point moi. Pour m'orienter vers cette conviction, c'est-à-dire en faire une conséquence tirée de ma propre vie, il y avait eu le dénouement progressif, insensible, du lien qui m'attachait à ma cousine Anne, sans qu'intervinssent entre nous ni explication ni brouille ; nous nous sommes toujours aimés et nous avons continué de nourrir de l'affection l'un pour l'autre. Comme notre parenté rendait l'intimité plus facile, nous croyions, à un moment donné, que nos baisers (ou tout au moins les miens) étaient davantage que ces marques qu'échange la jeunesse par un besoin mutuel de chaleur et de promesses, mais sans se rapporter à rien de concret, simplement pour l'exigence de joie que la vie porte en soi. Le premier confident de ma vocation, ce fut Anne : lorsqu'elle filait, comme toutes les jeunes filles des Midlands, j'aimais m'asseoir près d'elle, pendant cet ouvrage qui lui donnait un air méditatif, et il me plaisait de l'informer de mes projets. J'allais jusqu'à lui lire tout le contenu d'une tragédie que nous étions sur le point de créer, interrompant la lecture par mes commentaires passionnés ; à certains moments, sans doute quand un retentissement plus vif l'atteignait, elle laissait pendre sa quenouille et, tournant vers moi sa tête, elle me répétait toujours la même chose, inévitablement, mais toujours avec, dans la voix, le même attachement surpris : *Oh, it is very beautiful* ou bien *You are very talented*. Mais un jour, arriva quelqu'un qui devait occuper la place du prétendant véritable, et aujourd'hui, dans la ferme de son mari, Anne s'occupe des animaux domestiques et de ses trois garçons. Non, mon destin n'était pas de ce côté-là. Et je m'affermis, avec une certaine délectation cachée, dans ma singularité.

En Valentin je vis, ou crus voir, uniquement le collaborateur indispensable. L'oncle Arnold venait de s'enfoncer dans les ténèbres et je devais faire face à l'essor de notre activité théâtrale qui, par suite de son incapacité, se trouvait privée de ligne directrice. (Butler se bornait à exercer des fonctions d'administrateur, qui à moi m'ont toujours répugné — j'étais pareil en cela à l'oncle Arnold.) On ferait mieux de dire que ce qui faisait défaut à la compagnie était une vraie force, étant donné que mon oncle était partisan de l'improvisation, procédé qui lui allait bien et grâce auquel il avait recueilli ses meilleurs succès scéniques ; il n'acceptait de critiques de personne et laissait une très grande marge à la spontanéité des autres membres de la distribution (quoiqu'elle fût, proportionnellement à la sienne, moindre), afin qu'ils s'inspirent également, dans leur jeu, de ce que chacun estimerait le plus propice. Il disait que c'est seulement ainsi qu'on donne au théâtre cette mobilité naturelle qui sourd de la vie à chaque instant, et à laquelle, par l'intermédiaire de son art, l'acteur doit être fidèle, imitant le réel et amenant le fictif à supplanter celui-ci. Pour ceux qui m'ont connu, je n'ai pas besoin de déclarer que ma vision était autre, diamétralement opposée, bien qu'il m'en coûtât de prendre parti, parce que je ne suis pas de ceux qui nient les aspects intéressants de ce qui se trouve face à soi : je ne me contente pas, en effet, de constater les erreurs de mon rival, mais j'enregistre aussi (et c'est là ce qui confère à mes décisions une tournure dramatique) les atouts qui le servent. Pour moi, le théâtre n'était pas une fiction ; c'était une réalité distincte de celle de la vie, celle de l'existence quotidienne qui commence au premier rang des spectateurs et englobe tout ce qui est derrière. En haut, sur les planches, se créait une autre atmosphère, celle de l'art, qui réclamait, en tant qu'éléments essentiels à sa formation, non pas l'improvisation mais l'ordonnance, non pas l'imitation mais la création. La création d'un monde qui naissait et mourait sur les planches, en l'espace bref et commode de quelques heures. Un monde qui, pour émerger du vide, ne requérait pas tant l'improvisation que la composition et qui rendait indispensable, d'après moi, la soumission de l'équipe d'interprètes à une discipline méticuleuse, laquelle était, dans ce monde cristallisé, l'heureux substitut de la spontanéité. Le travail de l'acteur semblait ainsi passer par un contrôle exigeant et décisif, veillant, pour le freiner, aux détails les plus insignifiants, alors qu'en réalité le gain obtenu par cette démarche consistait à perfectionner, épurer, élaguer ce qui n'était pas nécessaire, à mettre en évidence la stricte teneur d'une œuvre. Et le talent personnel, plutôt qu'à briller, consistait alors à apparaître par-dessous le personnage qu'on jouait, mais non à se servir de lui. De cette manière, deux acteurs qui endossent le vêtement d'Hamlet peuvent ne pas faire deux pas supplémentaires à droite plutôt qu'à gauche, une fois données les normes d'une mise en scène rigoureuse, et même se voir délimiter l'endroit précis où tomber, s'entendre mesurer le moment infime qui rendra efficace une inclination de la tête. Mais par-dessous l'armature irréprochable et pareille, un œil avisé distinguera le grand comédien du pur figurant. J'indiquais donc que Valentin m'assista dans le succès de l'entreprise ; il m'encouragea. Non qu'il se le fût proposé, mais par le simple fait d'exister, d'être là, pourrais-je dire. Il est clair que ses aptitudes d'acteur intervinrent également. Acteur, Valentin l'était par instinct plus que par conscience ; il ne savait rien du théâtre, ni quant à son histoire, ni quant à son aspect théorique ; le théâtre, c'était lui. Ce n'est pas qu'il ait été théâtral — notion différente — mais il était né avec un don et celui-ci se révélait au moment même où il entrait en scène. Quelques indications sommaires suffisaient pour qu'il fût mis au courant de ce qu'il avait à faire, et il s'en acquittait comme on s'y attendait, à cela près que c'était à sa manière, inattendue, surprenante. Les rôles féminins parvinrent avec lui à une interprétation jusqu'alors inconnue. Il ne mettait pas d'efféminination dans ses gestes ni de colorations doucereuses dans sa voix, procédés faciles et acceptés par le public comme une forme de mimétisme qui avait fait école. Valentin ne modifiait pas ses attitudes — c'eût été en pure perte — pas plus qu'il ne succombait à l'erreur de contrefaire l'allure féminine par des équivoques dénuées de toute vérité esthétique ; il ne faisait rien d'autre qu'utiliser l'occasion, offerte par l'ambiguïté de l'adolescence, de présenter l'aspect de l'essence féminine en se passant des accidents de la féminité — et il insistait sur cette virtualité. De cette façon, il obtenait une incorporation idéale qui, pour ma conception exaltée du théâtre, était une découverte et par surcroît un stimulant, parce que je me servis de ce point d'appui et modelai mon jeu pour essayer, grâce à cet exemple, de trouver dans l'autre membre de l'équation la note exacte qui, combinée avec la sienne, devait susciter chez le spectateur la sensation de l'accord parfait. Nous devînmes donc inséparables, ce qui veut dire indispensables l'un à l'autre, et c'est ainsi que je continuais d'être prisonnier d'un leurre, attribuant à notre union, ou du moins à la part que j'y avais, certaines raisons qui, bien qu'essentielles, ne constituaient pas à proprement parler son soubassement. Pour ainsi dire, et il m'en coûte de le déclarer, l'art me masquait la réalité.

Valentin vivait à la maison, dans les rares occasions (elles se présentaient tantôt pendant notre travail, tantôt au cours de nos brèves saisons de repos) où je m'abandonnais avec une sorte de délectation aux soins minutieux de ma mère — soins qu'elle avait étendus jusqu'à lui, dans un inévitable sentiment de compassion. Je remercie Dieu qu'elle n'ait pas pu assister à cette tragédie dont nous avons été les victimes et qui aurait plongé ses dernières années dans une désolation infinie. Autrement, la plupart du temps, quand nous étions en *tournée* * ou même lorsque nous nous attardions à Londres, qui parmi nos voyages demeurait le centre de nos convoitises, nous avions coutume de partager la même chambre dans les auberges, étant donné que notre arrivée en force provoquait chez les tenanciers plus d'un conflit. Rien ne familiarise autant que cette vie quotidienne — les repas, le sommeil — sous le même toit. Mais ainsi, par surcroît, je me convertis sans m'en apercevoir en une sorte de protecteur par rapport à mon jeune compagnon, lequel, du moins pendant les quatre premières années de notre relation, ou à peu près, s'habitua à me voir exercer sur lui une tutelle qui, à défaut de la puissance paternelle, pouvait évoquer celle du frère aîné et qu'il acceptait

* En français dans le texte.

avec un plaisir manifeste, parce qu'elle représentait quelque chose dont il avait manqué : une confiance, un affectueux appui, une dépendance. Il s'était écoulé un peu moins de deux ans depuis notre rencontre quand un événement prodigieux survint, qui allait introduire de grands changements dans notre situation matérielle et, par voie de conséquence, dans notre mode de vie. Ce qui arriva est que quelqu'un se présenta, demandant Valentin : comme cet homme était venu à cheval et semblait d'une position confortable, quoiqu'il fût visible qu'il remplissait une mission, en qualité de courrier ou de serviteur d'une grande maison, les enfants de la rue eurent vite fait de l'apercevoir et coururent vers lui, pareils à des mouches. Nous étions en répétition, désirant créer, pour les fêtes de saint Georges, *Les Joyeuses Commères de Windsor*, une œuvre fort éloignée des succès de notre répertoire mais qui me séduisait par cet aspect même, comme une pause ou, mieux, comme le changement d'option auquel il faut s'essayer de temps à autre, pour conjurer, sans avoir l'air de rien, le péril de l'affectation. A l'arrivée de l'intrus, nous suspendîmes notre travail et tous, en le voyant, nous restâmes la bouche ouverte, à croire que nous avions pressenti — nous qui étions si habitués aux apparitions de tous genres ! — un je ne sais quoi, un danger. Quand Valentin revint, après s'être retiré dans sa loge avec le visiteur, il déclara en s'adressant à moi que je devais les accompagner à la maison du maire pour remplir quelques formalités souhaitées par le messager, qui voulait s'acquitter au mieux de sa mission, et nous allâmes nous présenter là-bas. Je sus alors que ce qu'il voulait était une signature officielle, attestant que Valentin, et personne d'autre, avait été le dépositaire de ce que l'homme amenait, et qui passa effectivement dans ses mains : une bourse de satin vert, un peu plus grande qu'une aumônière, de laquelle on retira, pour les compter une par une, des pièces d'or. On comprendra que ce jour-là il n'y eut plus d'impulsion pour quoi que ce soit d'autre et que ce fut comme l'éclat du tonnerre dans un ciel estival : attente impatiente, exclamations, conjectures, potins. A la paix succédait la tourmente. Sur le moment, Valentin, qui se montrait plus suffoqué que comblé, se réfugia dans la maison où, à la tombée de la nuit, j'allai le retrouver, pris d'une incertitude qui tout le long de la journée m'avait fait penser non pas à l'événement, mais plutôt aux conséquences qu'il pouvait avoir. Cette nuit-là, pourtant, s'étant remis de l'émotion et ayant retrouvé son humeur souriante, il me tendit la bourse en me disant qu'elle était à nous, mais que sa gestion me revenait. "C'est un conte de fées, n'est-il pas vrai ?" commenta-t-il sans me regarder. Je tressaillis, mais Dieu sait que ce n'était pas à cause des pièces d'or ; pour l'heure, au moins, le péril semblait s'éloigner : Valentin me faisait participer à sa situation. Il restait ! Plus tard, une fois passé le sursaut, j'aurais de loin préféré que l'argent n'existât pas. Je ne sais si c'est sous l'influence maternelle, ou par suite de mon expérience du couvent, et par-dessus tout peut-être à cause d'un détachement instinctif, toujours est-il que j'ai de tout temps éprouvé à l'encontre de l'argent suspicion et rejet, comme si, de bonne heure, j'avais deviné que c'est en lui que s'enracine toute ambition, mais également, ce qui est pire, le dérèglement de cette ambition et sa corruption même. Il y avait dans mon sentiment une autre note, plus étrange et qui, aux yeux de beaucoup, eût passé pour un paradoxe : avoir de l'argent me semblait être une faute de goût, quelque chose qui découvrait chez ses possesseurs une inclination grossière, un manque de finesse, veux-je dire. Oui, être riche me paraissait fruste. Et comme le regard que je portais sur l'argent le dépréciait, par une sorte de découverte intuitive qu'il m'était difficile d'extirper, je vivais en tournant le dos à son prestige, entreprenant même de me moquer de lui, puisque malgré mon dédain il me permettait de vivre au sein de ce qui constituait pour moi un refuge et un défi : le plaisir d'une modestie raffinée. Comme si cela ne suffisait pas, l'*Utopie* de More, le saint Chancelier, tomba entre mes mains et j'y trouvai une condamnation de la richesse exprimée en des termes si tranchants qu'ils me surprirent, dès l'instant que l'auteur, faisant d'elle le foyer de tous les maux, dit qu'elle ne peut se rencontrer que chez les pires, — avec cette affirmation, le livre était mal tombé dans notre nation anglaise qui, en raison de ses penchants pour l'argent, préfère ignorer ce qui offense son oreille. Inspiré par cette opinion qui m'était personnelle et que nous qualifierons d'extravagante, je fis part à Valentin de mon avis et de l'appréhension que m'inspirait la perspective de succomber à toutes les misères — c'est ainsi que je m'exprimai ! — que l'argent amène avec lui et auxquelles il nous asservit insensiblement, allant jusqu'à grignoter la liberté elle-même, laquelle, feignant de céder, s'engourdit. A ce moment, il me souvint aussi de l'appréciation qu'un personnage épisodique de Shakespeare fait sur ce chapitre : "Les riches ont un regard triste... parce qu'ils sont préoccupés par le risque de perdre ce qu'ils possèdent." Je la citai à Valentin. Après de multiples détours, celui-ci en arriva à dire : "Consacrons-le au théâtre, et non à nous-mêmes." Et de cette tournure que prit heureusement la question naquit notre ensemble théâtral, ainsi que la démarche qui nous a valu tant de louanges. Nous eûmes, comme tous le savent, un théâtre dans la *city* même, et nous l'appelâmes *The silver's plough* ; il était flanqué d'un pavillon dans lequel nous vivions, toute la troupe occupant de petites pièces individuelles qui ressemblaient à des cellules et s'asseyant sur de longs bancs de noyer devant la grande table du réfectoire. Pour les femmes (puisque certains membres de la troupe étaient mariés), il y avait des dépendances séparées et elles venaient partager notre repas du dimanche, de même que nos réjouissances, bien qu'elles fussent rigoureusement écartées du restant de notre existence quotidienne, dédiée à l'étude, aux répétitions, à l'escrime, à la musique et, quand tombait le soir, à la représentation. Nous vivions du fonds commun et, avec les inévitables exceptions que suppose la fréquentation des êtres, et auxquelles on s'accoutume, la cohabitation dans notre phalanstère s'avéra bénéfique pour tous, grâce au pied d'égalité sur lequel nous nous trouvions, à la ferveur que nous mettions dans notre travail et au climat de camaraderie qui enveloppait notre société, comme un air qu'on n'eût respiré que là. La disparition de ma mère, que nous avions libérée de ses travaux d'aiguille, se ressentit sur l'ordre domestique. Nous finîmes par recourir à une sorte de *maître* qui indéniablement communiqua à notre style de vie, surtout pour ce qui touchait à la table, un ton plus seigneurial, mais je ne fus pas seul à noter l'absence de cette sensation qu'on avait éprouvée — d'être réchauffé par une prévoyance maternelle faite de sollicitude davantage que de froides dispositions : chacun, dans son souvenir, évalua ce qu'il avait perdu. Valentin et moi, nous passions avec elle le plus chaud de l'été dans un petit *cottage* que nous avions acheté sur les rives de l'Avon : nous n'y faisions rien d'autre que dormir et nous promener, ou presque. J'initiais alors Valentin à la botanique ;

je l'emmenais herboriser sur les berges, ou bien nous nous enfoncions sur les étroits chemins que bordait le blé, dressant ses parois striées qui ondulaient légèrement et dépassaient presque nos épaules. Un jour, je lui fis réciter pour moi le passage dans lequel, transmué en Cordélia, il parle soucieusement du triste spectacle qu'offre son père : "Hélas ! c'était bien lui. On l'a vu il n'y a guère, dément comme la mer agitée, chantant à voix haute et son front exubérant couronné de folle avoine, de fumeterre, de bardane, de ciguë et d'orties, d'ivraie, de fleurs de coucou et de cardamines, ces plantes parasites qui croissent au milieu de notre blé nourricier." * Et je fis voir à Valentin que ces noms n'étaient pas mis là par fantaisie, mais parce qu'ils correspondaient, surtout par rapport au blé, à une réalité peu agréable, puisque la gracieuse insignifiance de ces herbes représentait une entrave irritante pour sa croissance. C'étaient des espèces néfastes, qu'il fallait éliminer. Je me mis à leur recherche et elles commencèrent à apparaître, surprises au pied de la haute tige du froment, à la façon de celui qui, sans en avoir l'air, s'attaque à la force en la minant ; je m'emparais des pousses à mesure que je les découvrais et je lui fis voir les petits épis pourprés de la fumeterre, puis l'involucre de la bardane, avec ses minuscules écailles. Je trouvai la ciguë aux fleurs en ombelle, aux feuilles fétides, dont

* Shakespeare, *Le Roi Lear*, acte IV, scène IV. (N.d.T.)

le jus mortel fut bu par le philosophe, ainsi que les orties duvetées qui sécrètent un liquide urticant ; je pus lui montrer la cardamine, qu'on appelle vulgairement cresson, avec sa corolle cruciforme, et pour terminer l'ivraie, rude au toucher et d'extirpation malaisée. Comme Valentin me demandait qui était le philosophe, je lui parlai de Socrate et de la scène de sa mort, décrite par le *Phédon*, au cours de laquelle nous voyons le maître conserver sa fermeté au milieu de ses disciples en pleurs. En ces occasions, Valentin avait l'habitude de me remercier avec effusion, disant qu'à mes côtés il faisait son apprentissage, à quoi je répondais que, pour ma part, j'avais appris ces choses auprès d'autres êtres et que tel était le cheminement du savoir, une transmission de connaissances et d'expériences semblable au passage de l'eau par le lit du fleuve. A ce propos, une autre fois, nous remontions à cheval le long de l'Avon et nous arrivâmes à proximité du château de Warwich ; tout en haut, parmi les pierres, les oiseaux, remplissant leurs tâches de parents, se livraient à d'incessants allers et retours. C'était une radieuse matinée de notre court été. Je rappelai à Valentin le moment où le roi Duncan célèbre la demeure de Macbeth qu'il a devant lui : ''Ce château possède une situation charmante ; l'air léger et doux se recommande à nos sens tranquilles.'' * A quoi Banquo ajoute cette remarque : là où

* Shakespeare, *Macbeth*, acte I, scène VI. (N.d.T.)

niche le martinet, hôte de l'été, *the air is delicate*, paroles qui, se référant à l'endroit où surviendra prochainement le régicide, acquièrent un lyrisme terrible. Et je me servis de cela pour mettre en évidence l'espèce d'osmose qui se produit dans les deux domaines contigus de l'art et de la vie, dont les poreuses parois laissent leurs qualités propres aller de l'un à l'autre : l'art aspirant de l'oxygène, la vie acquérant une signification. C'est parce qu'ils témoignent du degré de communion qu'il y avait dans nos existences mêlées que je mentionne ces détails anecdotiques, auxquels je ne donnais pas alors plus d'importance qu'ils n'en ont, attribuant le plaisir qu'ils me causaient à la chance que m'avait procurée le hasard, avec cette rencontre d'un être qui m'obligeait à sortir de ma claustration intérieure et qui paraissait partager avec moi le goût de l'existence ou — qui sait s'il ne conviendrait pas de rectifier, me dis-je maintenant — la façon que j'avais, moi, de la goûter.

Je ne peux manquer d'insérer à cet endroit le grand voyage que nous eûmes à effectuer sur le continent, rompant avec l'habitude de nos tournées provinciales. Entre autres raisons, parce que ce fut là, sous le brûlant soleil des classiques, que commença de s'agiter, au plus profond, au plus intime de moi, l'aiguillon du désir. Mais, avant d'aborder cet aspect, je m'occuperai du voyage en lui-même. Notre discipline avait porté ses fruits et (tant pis pour le reproche de vanité !) le renom de notre compagnie avait laissé plutôt dans la pénombre le travail des concurrents. Il est bien vrai, je dois le reconnaître, que nos moyens financiers facilitèrent beaucoup les choses et que nos dispositifs scéniques firent parler d'eux. Je ne voulais pas d'un plateau surchargé, mais simplifié, de sorte que l'attention du spectateur ne quitte pas la vivante parole des passions et ne se perde pas dans les contingences plastiques ; dans ce but, je me servis précisément de la plasticité, considérant les personnages comme les incarnations d'une âme à laquelle il survient quelque chose, qui a quelque chose à exprimer — personnages qui ne se vêtent et ne se meuvent plus qu'en vertu de ce qu'ils sont : *dramatis personae*. La parole, avec l'enveloppe charnelle qui la dramatise. Et j'ai toujours essayé que cette enveloppe, par son relief, ne supplante pas le reste, un reste qui constitue sa raison d'être : la parole faite expression. J'arrivai ainsi à quelques ensembles qui, sans verser dans le statisme, créaient le cadre de silence approprié pour que la voix pût se déployer et que, de cette façon, le message émotionnel du mot parvînt intact à ceux qui regardaient et écoutaient. C'était à peu près comme si, se retrouvant dans la rue, ils se rappelaient les vers plus que l'argument ou, pour mieux dire, comme si le souvenir des péripéties se raccrochait aux vers, le texte animant toujours les personnages dans la mémoire. Grâce à la faveur de la Reine, nous avons concerté notre voyage avec le noble ambassadeur de France. On se préparait là-bas à fêter les noces d'une des princesses avec le jeune Roi de Navarre. Comme celui-ci était huguenot — du moins était-ce le terme dont on le qualifiait — la Cour d'Angleterre voulut souligner la prédisposition qu'il lui inspirait en nous envoyant, comme le meilleur des hommages, jouer devant une assemblée d'aristocrates qui passaient pour être l'*élite* * du goût. La frégate sur laquelle nous nous embarquâmes et d'où nous assistâmes au démarrage, parmi les injonctions que se criaient les matelots, donnait l'impression qu'elle nous promenait avant que de sortir du port, nous faisant défiler devant les embarcations qui mouillaient là et qui, dans l'immobilité de leur attente, dénotaient une puissance indubitable : celle que nous exerçons sur la mer. En m'éloignant de la côte, l'idée me vint que l'île déléguait à notre mission quelque chose de sa souveraineté. Et, saisi brusquement par l'angoissante émotion de quitter ma patrie, je ne pus m'empêcher de me sentir anglais. Après la mer qui, dans son indifférence, a de toute manière l'air d'un élément neutre, nous abordâmes sur un rivage qui déjà était celui d'autres hommes, d'autres aspirations, d'un autre Roi. Déjà nous n'étions plus chez nous. Nous quittâmes le navire et sa pénétrante odeur de bois

* En français dans le texte.

pourri et, dans l'étonnement, nous posâmes le pied dans cette enceinte étrangère. L'état d'invité nous offre une manière de sourire permanent. On nous sert le meilleur sur un plateau, on nous évite le pire, et notre séjour gagne ainsi en délice ce qu'il perd en véritable connaissance. Sur la route de Paris, par la glace de la voiture (qui changeait régulièrement de chevaux), je vis défiler une végétation qui n'était pas absolument différente de la nôtre — en d'autres temps, me disait-on, ces territoires avaient été rattachés à l'Angleterre — mais à mesure que nous avancions, elle se mettait à acquérir son caractère propre et pourtant indéfinissable, ce sceau qui, en chaque pays, nous renseigne non seulement sur la nature en elle-même, mais aussi sur l'intention qui a gouverné la main de ses habitants. Quant à la physionomie de ces derniers, il me parut qu'on trouvait chez eux ce que j'appellerais une plus faible affirmation des traits du visage, lesquels manifestent chez nous un tracé plus ferme ; s'ils sont moins laids que la moyenne des Anglais, ils sont en même temps plus insignifiants, la stature ni haute ni petite, le teint rose et le poil blond, sans le moindre lien avec ce type d'homme latin, brun et harmonieusement adapté à son moule, que j'allais peu après rencontrer de l'autre côté des Alpes. La Cour, bien sûr, c'était autre chose, et ses seigneurs, avec leurs toilettes d'une coquetterie extrême, se montraient si enveloppés de civilités, ils exhalaient un tel parfum de belles manières qu'ils suscitaient, sinon la sympathie, pour le moins l'admiration. Les dames se montraient dans le monde autant que les hommes et elles prenaient à la conversation une part si prééminente qu'à les voir, bien que je ne les comprisse pas, j'en vins à tenir nos Anglo-Saxonnes pour des demi-barbares. Je n'ai pas oublié l'expression piquante de la jeune épousée, qui était presque une enfant et qu'on appelait Margot. Par choix de notre souveraine (qui en connaissait des épisodes par cœur), nous avions représenté *La Tragédie de Roméo et Juliette* et, après la représentation, quand nous allâmes vers l'estrade de la famille royale, où tous étaient parés avec le soin le plus extrême et semblaient avoir été effleurés par une rosée de perles, il fallut leur détailler diverses particularités du texte, puisqu'ils nous interrogeaient et se montraient attristés par l'histoire ; on remarquait comment, entre eux, ils échangeaient leurs points de vue avec une grande vivacité. Pour répondre je recourais à l'italien, qui passe sur le continent pour être la langue des gens cultivés. Comme Valentin s'était défait de ses nattes et, pour une assemblée qui n'était pas accoutumée à cet effet, apparaissait sans doute d'une grâce singulière, avec sa longue tunique et sa tête de garçon, dépeignée, au-dessus de son corselet de brocart, cette Margot fit, en se penchant vers son époux, mais à voix haute, afin que tous l'entendissent, un mot qu'on me traduisit, en raison de ma méconnaissance du français :

Jules is as beautiful as Juliette. Elle demanda alors si nous parlions le grec (question qui, dans ce cercle, n'avait aucun aspect pédant) et je pus, non sans difficulté, saisir quelque chose comme *erotikôs kai daimónios*, que je notai plus tard dans mon carnet, cette créature avertie ayant voulu définir ainsi le secret maléfice de l'amour. Ensuite, durant le bal, j'assistai au déploiement de la Cour dans toute l'ordonnance de son raffinement ; les laquais servaient sans désemparer, sur de longues crédences, de hautes coupes de verre remplies de fruits ou de rafraîchissements — on était en août — et les fenêtres ouvertes n'arrivaient pas à éclairer cet endroit où se pressait la foule, tandis que remontait vers la voûte, parmi le tremblement des flammes, une vapeur de musique, de parfums et de propos. J'observai Valentin qui, assiégé par les belles, dansa toute la nuit ; on le sentait pris par cette inconsistance pleine de feux que la frivolité seule sait nous octroyer. Mais comme toujours — et peu importait si mes yeux, par intervalles, cherchaient au moins à voir ressurgir sa tête parmi la multitude —, je prenais ma vigilance pour un simple concours de circonstances. Pour le reste, je dus aussi prêter attention à ces gens, nombreux, qui voulaient s'informer sur nous, notre pays, et sur l'auteur de la pièce, en nous entourant, ainsi qu'il arrive quand intervient l'admiration, de flatteries et d'intentions malveillantes. Dommage qu'ils aient dû se servir d'intermédiaires. Quelqu'un me demanda si le nom de Ronsard était parvenu jusqu'à notre pays et, à son propos, il me désigna, au moment où elle rajustait devant un miroir une boucle rebelle, celle qu'il disait être sa muse, Hélène de... Son nom ne me revient pas ; un autre, très savant, fit en revanche l'éloge de Monsieur de Montaigne, qu'il regardait comme le cœur du savoir actuel et comme un exemple de style nouveau. Mais je n'entendis rien de plus bizarre que l'affirmation d'un troisième au sujet de Shakespeare : c'était un fantôme, ou enfin tout ensemble il existait et n'existait pas. Ma perplexité ne manqua pas de lui inspirer un sourire de suffisance. Il faut en effet tenir compte, si étrange que cela semble, que je ne pouvais me permettre d'affirmer l'avoir vu. Quand je réfléchis par la suite à cette absurdité, je me souvins, par une étrange association d'idées, que Shakespeare, n'incarnant jamais les principaux rôles de ses œuvres, avait plaisir à paraître sur scène dans quelque personnage épisodique et que, dans *Hamlet*, il jouait le spectre du vieux roi. Faudrait-il voir là le noyau de ce singulier bobard ? C'est ce qui s'appelle faire d'un caillou une cathédrale. Les légendes ne sont-elles rien de plus que cela ? Qui sait...

Mais voici qu'approche le moment de centrer l'attention non plus sur les autres mais sur moi — en raison de ce qui devait m'arriver sur la terre de Toscane (ainsi que j'en ai déjà dit quelques mots) et avoir l'effet d'une révélation. Je désirais rendre visite au Père Publio, qui exerçait la charge d'abbé dans un monastère proche de Florence. Et Valentin eut envie de voir Vérone, par un de ces caprices — qualifions cela ainsi — qui s'emparaient de lui avec une joie contagieuse et auxquels je cédais de si bon gré sans jamais comprendre pourquoi, comme si pour moi il s'y trouvait davantage que le simple accomplissement d'un désir. Nous emmenions lettres et recommandations qui facilitaient notre déplacement et, là où nous passions, nous fûmes surpris et enchantés par une abondance expressive dans laquelle les gestes intervenaient autant que la parole. Quand Vérone nous reçut, c'était la pleine lune et, imprégnés de sa lueur — le ciel était limpide —, nous visitâmes le prétendu tombeau des amants que nous avions déjà vu à la lumière du jour et jugé alors moins évocateur. Ce matin-là, assis avec Valentin sur les pierres de l'amphithéâtre à demi détruit, parmi les genêts en fleurs, un petit lézard alternant sous nos yeux les moments d'extase et les zigzags, je lui avais expliqué la nécessité d'envisager ce climat quand nous allions revêtir nos costumes de Capulets et de Montaigus : il fallait retirer de cette invisible crépitation du sol l'étincelle à laquelle notre passion s'enflammerait. En vérité, à mesure que nous descendions, la chaleur augmentait. De même que nous avions découvert les vignes en traversant le sol français, ce fut ici le tour des oliviers : les uns comme les autres n'ont rien de spectaculaire et, pareils à maintes choses ayant quelque valeur en ce monde, ils attirent plutôt l'attention par leur modestie. On se dit : "Voilà donc les fameux oliviers ?" S'ils peuvent sembler fameux, c'est par leur vieillesse, assurément, mais point du tout par leur arrogance. Et de surcroît, leur cas rappelant celui des vignes, ils ne se montrent jamais isolément ; ils ont besoin de cette coexistence avec d'autres de leur espèce : le vignoble, l'oliveraie. Encore que l'olivier, quand il se répand silencieusement sur un coteau que soudain vient casser un haut chemin, semble parfois se permettre une plus grande liberté. Parmi les arbres que nous vîmes, il y eut aussi les pins, entre lesquels on découvrait des sentiers de terre rose par où il était possible de s'enfoncer dans la montagne, ou les cyprès, qui étaient là en abondance ; ils y perdaient leur affectation funèbre et communiquaient en revanche au paysage — qu'ils se groupent en massifs obscurs autour de quelque résidence ou que leur ordonnance borde, en quelque verger, la pente des allées — une note grave, si l'on veut, mais plus païenne que douloureuse, et, indiscutablement, d'une noblesse sans pareille.

Nous avions fait halte au bord de la route, dans une auberge qui respirait la tranquillité. Un valet s'occupa de nos chevaux et, après que nous eûmes averti l'hôtelier que nous reviendrions pour le déjeuner, nous partîmes à la recherche d'une rivière que nous avions, en chemin, vue briller entre les branches des arbres, à côté de nous et dans le lointain. La température de ce matin-là nous promettait un délicieux plongeon dans les eaux que nous venions d'entrevoir, si tentantes. Voici comment il en fut. Alors que nous nous apprêtions à abandonner le chemin muletier, nous vîmes approcher sur ce sentier un majestueux bœuf blanc que son gardien, un cultivateur, paraissait conduire moins à son labour qu'à l'immolation sur l'autel d'Auguste ; nous suivîmes des yeux sa marche lente et, quand il eut disparu, nous descendîmes par le coteau jusqu'au moment où, tout en bas, nous atteignîmes le cours d'eau. Il n'était pas très large — une trentaine de mètres — et sa transparence était si grande qu'on pouvait voir son lit de galets, pareils à des topazes non dégrossies ; il conservait la pureté des sources et l'espèce d'innocence qui régnait là donnait à penser qu'il ne devait pas être né bien loin. Le soleil lui offrait l'éclat et la couleur de l'ambre, mais en n'effleurant que sa surface, car, à l'intérieur (ainsi que nous allions nous en rendre compte), l'eau claire et palpitante gardait sa fraîcheur naturelle. Du côté par lequel nous étions descendus, de grands arbres étendaient leurs ombres presque jusqu'au bord de la rivière ; c'étaient des ormes et les cigales se dissimulaient dans les stries de leur écorce ridée, mettant le feu à tout ce cadre avec un cri au rythme monotone, qui ménageait de brèves pauses de silence et qui agissait sur l'esprit comme un appel du rêve. Valentin ôta ses vêtements, je fis de même, et nous entrâmes dans l'eau, recevant, des pieds jusqu'à la tête, un frisson vivifiant ; la faible profondeur n'empêchait pas de nager (ce que nous fîmes avec plaisir) mais, à un moment où je reprenais pied, je ressentis une douleur, comme une luxation, ayant mal posé la plante sur un de ces galets. Je sortis afin de me masser et de rétablir ainsi le jeu des tendons ; déjà soulagé, je m'étendis alors sous les arbres, appelé par je ne sais quelle envie de recueillement, tandis que mon corps recevait la brise suave qui, par intervalles, soufflait en suivant la même direction que le courant et faisait sonner un long accord à travers les branches. Depuis la rivière, Valentin me demanda des nouvelles de mon pied ; je lui répondis qu'il n'y avait plus rien et, pendant qu'il s'éloignait, laissant un sillage où l'on entendait la nette alternance des deux battements de la main qui le distançaient de moi, il arriva ce que j'ai annoncé : l'imprévu. C'était aussi, je le sais maintenant, l'inévitable. Comme un bruit qui se transforme en son, qui s'articule. Ou comme une fenêtre plongée dans l'obscurité et qui, soudainement, s'éclaire. Il en fut ainsi. Je ne compris pas véritablement, mais quelque chose s'éclaira, apparut à l'horizon, prit corps. Tout mon être souffrit un coup inopiné qui changea ma disposition intérieure, qui mit fin à son équilibre : exactement ce qui venait d'arriver à mon pied, et qui était pour lui inédit. Un faux pas ou une révélation, comment savoir jamais.... Ma cheville avait connu la douleur ; mon âme était une région obscure qui venait de subir une secousse et celle-ci, au lieu de transformer les ténèbres en quelque chose d'encore plus ténébreux, avait, par sa force même, comme réveillé mon être de sa nuit obscure, ayant fait apparaître au fond de lui, autour de son noyau encore énigmatique, ce que j'appellerais quelques fissures phosphorescentes. Etendu ainsi que je l'étais, entouré par ce paysage qui n'était pas le mien (mais quelle ardeur dans ce lieu qui, de manière symbolique, était celui de ma formation !), je restai immobile, on pourrait dire : passif, écoutant une voix qui, sans paroles, silencieuse — si on me permet cette extravagance —, commença de s'insinuer, comme si elle venait de très loin ou de très profond en moi, d'un coffre fermé depuis bien longtemps. Et cette voix qui résonnait dans mon silence, on aurait dit qu'elle voulait pour moi mettre en évidence un fait qui demeurait invisible (je ne sais si c'était dû à son exceptionnel degré de condensation), un fait qui, à force de me dominer, ne manifestait pas sa présence, comme si, imprégnant le monde, il se masquait derrière lui : mon amour pour Valentin. Je préfère le nommer avec une brusquerie qui pourtant ne fut pas la caractéristique par laquelle il se révéla à moi. Le processus a été long, long, douloureux, marqué par un combat terrible : insupportable. Mais ce matin, pour la première fois, je sus que, dans mon être le plus intime, agissait une énergie occulte qui paraissait se matérialiser, subitement, dans la quête d'un point vivant de l'univers. Oui, je sus que, dans ma vie, dans ce réduit d'intuition et de sensibilité où je m'étais efforcé de faire régner une sorte d'harmonie constante et bénéfique, s'était infiltrée une puissance qui (encore que ce fût en secret) avait communiqué à tout le reste un contentement particulier, dont je considérais qu'il émanait des choses elles-mêmes et de mon attitude envers elles ; ce qui est sûr est qu'elle commença de se manifester d'une façon assez absorbante pour que je me mette à constater la marque de sa tyrannie. Le premier choc reçu, il n'était plus question de demander à la vie de la tranquillité. La lumière était trop révélatrice et avait frappé juste dans le noyau de ma personnalité (c'est-à-dire de ce qui me distingue et qui n'est qu'à moi) ou, simplement, elle avait atteint ce foyer des motivations que chacun possède et à partir duquel, ainsi que je me vois obligé de le constater aujourd'hui, nous projetons dans nos actes les plus caractérisés un acharnement à toute épreuve. La résistance que j'ai opposée à l'accomplissement de mon but a été forte, tenace et élastique à la fois. Je veux dire par là que je me suis défendu jusqu'où j'ai pu, préférant me débattre jusqu'au malaise, parmi les doutes, plutôt que d'accepter — avec sagesse ? — la réalité inévitable que m'offrait l'évidence. A partir de ce moment, combien de périodes d'accablement et, pour s'évader d'elles, combien de corrections dans ma ligne de conduite ! Je me disais, imitant les *Confessions* d'Augustin, que lorsqu'on nomme un ami — d'une manière qui rappelle Horace — la moitié de mon âme, *dimidium animae meae*, on veut entendre par là que nous avons rencontré quelqu'un avec qui partager le souffle de notre vie la plus intime, jusqu'à ce point extrême où, quand nous ne l'avons plus et que nous ressentons son absence, nous regardons notre vie comme si elle était réduite, et diminuée, et boiteuse, faute de cet appui qui, élégamment, la tenait droite. Pendant les trois années passées ensemble, j'avais déjà pu éprouver cette incorporation à mon être d'une âme que je devinais jumelle et, ainsi que se joint à l'eau d'un étang celle qui lui arrive peu à peu par quelque filet riant et lumineux, jusqu'à ce que l'une et l'autre se soient coulées en une même eau, une eau dans sa plénitude, je finis, moi, par ne plus savoir où s'achevaient mes confins et où commençait le resplendissement de Valentin. De cette façon je pris l'habitude, pour user d'une formule intime, de vivre une espèce de gestation, comme si je le portais au-dedans de moi, car sa présence était aussi constante qu'invisible, pourrait-on dire. Voilà donc ce qui arriva et se révéla à mes yeux de la manière la plus palpable, la plus plastique. Lorsque, ce jour-là, je le vis nu au milieu de l'eau, j'eus l'impression que je contemplais, dans le cadre adéquat, l'apparence d'un dieu ; l'impression, presque douloureuse, de me trouver en présence d'une injonction, d'une humiliation soudaine, devant quelque chose de resplendissant, c'est sûr, mais d'asservissant qui, comme une attraction magnétique, disposait de moi en paralysant ma volonté. Il semble extraordinaire que quelque chose, quelqu'un d'aussi fragile que Valentin ait assumé par sa seule présence une puissance d'attraction si aveuglante qu'elle vous enlevait à vos activités ordinaires : elle vous rendait incapable de quoi que ce soit, sauf de tomber — même suspendu, étonné comme vous l'étiez — dans une contemplation qui vous absorbait tout entier, la beauté formelle se mettant à exister devant vous. Valentin était pâle et, ainsi que je l'ai dit, blond ; on ne trouvait chez lui pas plus le languide modelé féminin que les muscles de l'athlète. Son corps qui, des pieds à la tête, se dressait finement et sans la moindre lourdeur, semblait être fait d'une matière délicate et élastique — modelage que j'aimerais qualifier de frémissant. Cette netteté sans défaut luisait légèrement, à cause de l'apparition d'un duvet doré qui, grimpant le long de ses jambes, posait une touche de réminiscence faunesque sur les reins, juste à la base de l'épine dorsale, tandis qu'elle se faisait plus dense et cuivrée sur le pubis, où était le foyer de son ardeur, comme l'eût dit Anacréon, plein du désir de Paphos, c'est-à-dire du désir de l'amour. Ce fut alors, quand je le regardai fendre l'eau, debout, et venir vers moi, que les nuages s'écartèrent et que je vis (car c'était bien d'une vision qu'il s'agissait) mon sentiment en face de ce garçon nu. Je vis qu'il n'y avait plus seulement une âme avec laquelle je recherchais un partage fervent qui était la moitié de mon âme, il y avait, écrin de cette âme, le corps qui était là et que mes yeux — et, avec eux, tout le buisson des sens — faisaient leur, dans une appropriation si véhémente qu'elle paraissait, dans ce mouvement de possession, annuler le possesseur lui-même ; j'entends par là qu'on ne pouvait le nommer *dimidium corporis mei*, parce qu'il ne s'agissait pas d'une compénétration mais bien, pour ce que j'entrevoyais avec angoisse, d'une substitution : en quelque sorte, ce corps prenait ma place — substitution délicieuse, si l'on veut, et plus encore magnétique, mais avec laquelle, au travers d'une espèce d'étonnement contemplatif et paralysant, une rivalité s'insinuerait. C'est du moins ce que je pense maintenant, quoique, ce jour-là, j'aie seulement entrevu une fulguration, et son danger ; encore qu'un voile fût revenu couvrir le secret qui me menaçait, l'avertissement ne pouvait plus m'abandonner, et il m'accompagna comme une mauvaise étoile, implacablement. Peut-être mon aspect (mi-absorbé mi-renfrogné, je suppose) surprit-il Valentin, car il me demanda ce qui se passait, et le son habituel de sa voix me fit sortir de l'abîme de lucidité dans lequel j'étais plongé, en me communiquant la fraîcheur d'un Léthé. Me ressaisissant, je lui répondis que, ce matin, toute l'Antiquité classique s'était rendue vivante pour moi, prodigue de ses dons : la lumière, le site, une espèce de tension harmonique due à ce peuple d'élytres, le parfum d'un paganisme qui conservait ici une telle présence, comme si la poussière des siècles n'avait pu le dissiper ; lui-même enfin, pareil à un jeune dieu qui se serait attardé, à une de ces divinités chryséléphantines qui ne se serait pas résolue à quitter le sol de ses aînés, riche de tant de grâces, la sombre terre maternelle... Valentin m'écoutait comme à son habitude, attention et surprise mêlées, ce qui faisait affleurer sur son jeune visage l'écho d'une réflexion encore tendre, et qui ne supporte pas encore un emploi systématique. Son commentaire fut celui-ci : "C'est bien, mais il n'y a pas de raison d'être triste. C'est beau et cela suffit." Tandis qu'il disait ces mots, il mettait son bras sur mes épaules et, de sa main qui pendait, me donnait de petites tapes afin de me revigorer. Marques délicates de la sollicitude humaine ! L'adulte prend par la main l'enfant qui vacille, l'amoureux saisit la taille de celle qu'il aime, l'ami serre contre lui son ami, laissant un bras autour de son cou, en signe d'affinité. Toutes ces marques en témoignent : par le cœur passe un flot bienfaisant qui se manifeste dans ces légères attentions, sans lesquelles la vie, une fois les tâches quotidiennes accomplies, ne serait rien de plus qu'aridité et consomption.

Ce jour-là ne revint plus. Et comme nous devions récupérer au cours de l'étape le temps que nous avions perdu, nous pressâmes la marche. A Florence nous attendaient des nouvelles alarmantes. Dans un couvent des environs, je rencontrai le Père Publio, le front plus sillonné de rides que lorsqu'il avait pris congé de moi, six années auparavant, mais surtout il semblait en proie à une agitation d'esprit qui se manifestait par de graves et sentencieuses accusations. D'après ce qu'il me raconta, des événements effroyables venaient de se produire à Paris. La Cour, faisant finalement pencher la balance du côté des résolutions insensées, avait décrété un massacre des huguenots qui, en l'espace d'une seule nuit, fit des milliers de victimes, la capitale étant transformée en une enceinte dans laquelle une partie des citadins jouaient aux chasseurs, tandis que les autres faisaient fonction de gibier à abattre. Car c'est bien ainsi qu'ils tombèrent, au gîte, dans leurs propres maisons où des gens débridés faisaient irruption pour transpercer de leurs épées, ou abattre d'un coup d'arquebuse, celui qui mangeait au milieu des siens, lisait sa bible à haute voix ou, simplement, dormait dans sa chambre et était arraché au sommeil fugace, précipité dans le sommeil éternel. Autre cas, celui de l'amiral de Coligny (je me rappelais l'avoir vu dans l'embrasure d'une fenêtre, la nuit du bal, conversant avec le jeune Roi dans les bras duquel se trouvait un petit chien à la longue crinière) qu'on ne respecta point sur le lit de souffrance où il gisait à la suite d'un attentat récent. Comment ne pas accorder foi à ce que j'entendais ? Mais, au delà d'une horreur si grande, le Père Publio donnait libre cours à son indignation, visant — autant ou davantage que les faits — un aspect qui l'atteignait au plus vif de sa conscience et qu'il tenait tout ensemble pour une dépravation inconcevable du jugement et pour une scandaleuse négation du sentiment religieux, à savoir l'approbation, et même la louange qu'il percevait autour de lui, non seulement parmi ceux qui se prévalaient de la responsabilité civile, mais dans les milieux de la Curie et jusque dans l'isolement de son propre couvent, ce qui paraissait autrement inadmissible. Toute l'ardeur de sa foi se voyait soumise, par intervalles, tantôt aux effets de l'irritation, tantôt à ceux de la prostration. Je me souviens qu'après une pause, oubliant que j'étais là, et inclinant sur sa poitrine sa tête découragée, il dit, de la manière dont on se parle à soi-même : "D'un côté, l'hérésie, de l'autre, l'imposture. Et Toi, mon Dieu, seul sur la croix !" Je l'avais déjà surpris avec cette expression en d'autres occasions, lorsque nous avancions pas à pas dans la lecture de Dante, surtout la fois où nous nous trouvâmes en présence du fondateur de son ordre, saint Benoît, dans le chant XXII du Paradis, rencontre donnant l'occasion d'un de ces élans lyriques qui n'ont pas leur pareil et font sur le lecteur l'effet d'un verre d'eau quand le jour est torride : *Come il sol fa la rosa…* Mais ce fut un peu plus loin que le Père Publio s'arrêta et s'enfonça en lui-même, comme s'il venait de buter contre une assertion irréfutable et douloureuse : lorsqu'arriva le moment où Dante (contant que c'est le saint qui le lui a dit) parle de la décadence de l'Ordre, en faisant observer que les bons règlements que se donnent les hommes durent peu, moins que ce qu'il faut de temps à un chêne vert pour croître et produire son fruit, ce que Dante exprime à sa manière sobre et incisive, aussi surprenante pour les connaisseurs que pour les ignorants. Je connais le passage par cœur :

La carne dei mortali è tanto blanda
che già non basta bon cominciamento
dal nascer della quercia al far la ghianda.

Des ordres de retour au point d'origine nous parvinrent à nous aussi. Notre représentant auprès de la Seigneurie nous avisa qu'on nous réclamait et que nous devions nous embarquer à Gênes, pourvus de papiers qui nous accréditaient en tant que comédiens de la Reine, et ce, pour notre protection — toute relative, si l'on tenait compte des événements et de la violente réaction de notre pays. Je regrettai d'abandonner précipitamment une cité qui, pour être connue, requiert du temps et du calme. Je soupçonnais déjà que jamais je ne remettrais le pied sur cette terre, et ce que ces brèves journées me montrèrent d'elle me confirma qu'elle était un foyer, unique peut-être, de concentration spirituelle. Londres et Paris me paraissent maintenant de grandes villes en devenir, si on les compare à ce qui, là-bas, à l'intérieur d'un espace autrement plus confiné, est d'ores et déjà une cité d'un style homogène et d'une perfection achevée, dans laquelle le simple fait de vivre, d'être un élément de la multitude, se révélait en soi-même une expérience formatrice. Non pas que son cycle se fût refermé, mais on voyait bien que tout ce qui pouvait lui arriver lui arriverait par surcroît, ou pour dépasser ce qu'elle offrait déjà, comme cela survint avec ce téméraire Michelangelo Buonarroti dont la manière, ne pouvant s'accommoder aux anciens canaux, sortait de son lit, pour le dire avec l'image qui me vient aux lèvres. Malgré la hâte qui nous pressait, que de merveilles à voir ! Car il s'agit d'une culture intense, qui pénètre par les yeux : sa clef d'or est la plasticité. Mon émotion, je la concentrerai sur un seul point, la chapelle des Pazzi. Les dons exceptionnels que ces êtres avaient reçus dans le domaine de l'art mirent en premier lieu l'accent sur l'architecture, et des hommes tels que Brunelleschi construisaient des édifices à la façon dont d'autres peignent des tableaux ou composent de la musique — une expression personnelle — et les signent ensuite de leur nom ; de la même manière demeure inscrit dans ces pierres un style propre qui, plus qu'il ne fait école, nous livre, par l'agrément des proportions concrètes (mais recréées dans l'abstrait), un objet unique. Cette chapelle possède un petit portique dont la grâce nous reste gravée dans la mémoire et agit comme un calmant ; comme le souvenir d'une telle impression d'harmonie, veux-je dire, qu'il suffit, curieusement, de poser sur lui le regard et de sentir passer en nous sa perfection même pour que tout s'équilibre dans notre être. Je n'essaie pas de décrire ce qui ne se peut mettre en mots : un arc en plein cintre, six colonnes, une svelte architrave et, dans un suprême et intime achèvement, une petite coupole montée sur un fin tambour couronne le tout. Pourquoi en dire davantage ? C'est une question de mesures, de proportions, de calculs. Et de goût. Chaque jour, nous trouvions une demi-heure pour aller la voir, quelles que fussent les circonstances ; nous pénétrions aussi dans son enceinte, qui n'était ni une chapelle ni un salon, mais plutôt — avec ses pilastres, ses moulures, ses frises, où tout dénotait une minutie étudiée — un espace architectonique. Surtout, nous nous promenions à l'extérieur de la chapelle, respirant ainsi qu'une brise l'agrément qu'elle dégageait, ou nous nous asseyions en silence sous son court portique, comme si nous étions les hôtes de cette perfection accueillante. Un jour que nous y allions accompagnés d'un groupe, l'une de ces personnes, un secrétaire de la Seigneurie, qui nous servit d'intermédiaire quand nous dûmes remettre la lettre que la reine Médicis nous avait donnée en disant : *Una lettera per il mio cugino*, et qui nous montra la cité comme s'il nous faisait les honneurs de sa propre demeure, nous demanda de tirer parti de ce cadre dont nous étions amoureux pour réciter là quelque monologue ou dialogue de notre répertoire, ce que nous fîmes impromptu, tels que nous étions : ils nous écoutèrent avec l'attention des gens cultivés qui désirent élargir le champ de leurs émotions, nous faisant reprendre certains vers, pour le seul plaisir de les entendre, puisqu'ils ne les comprenaient pas. Ce fut l'occasion pour l'un d'eux d'exprimer ensuite un jugement sur notre langue ; la caractéristique qu'il y avait perçue, disait-il, était un mélange de heurts rythmiques, d'intonation plutôt dure, mais qui apparaissaient enveloppés dans un brouillard qu'il nommait, lui, *sfumato*. Je ne l'ai pas oublié et, pendant notre voyage de retour, voici ce que je me suis surpris à penser : qu'il existe une fatalité des choses, que ces thèmes italiens d'Othello, de Roméo et Juliette, du Marchand de Venise, des Gentilshommes de Vérone, sont nés à la vie de l'esprit en anglais et une fois pour toutes. Grâce à quoi, en raison de l'éclat qui accompagne cette naissance, qui lui accorde de croître et, à ce que je vois, de s'étendre (par l'action de cette force centrifuge que détient toute chose de valeur), il arrivera peut-être, je le pressens, que les gens d'autres pays se mettront à étudier cette langue qui est la mienne et de laquelle, sur mes lèvres humides, jaillissent chaque jour, comme les fruits d'un verger, les métaphores shakespeariennes, parce que le monde aura besoin de nous, de la même manière qu'aujourd'hui le murmure de la langue de Toscane est dans toutes les bouches, parce que les sonnets de Pétrarque et le traité de Machiavel l'ont rendue indispensable si l'on veut d'une vie plus lumineuse. Et je pus constater comment ce pressentiment se fondait en moi avec l'image de nos vaisseaux qui, ancrés dans le port de Londres, donnaient à songer qu'ils étaient là pour transporter, ainsi que le faisait jadis la flotte athénienne, la cargaison impondérable de l'esprit. *England, England, the world is large !*

Telle fut l'idée qu'ils me suggérèrent, et tel fut le salut que je leur rendis quand, au milieu de la forêt de leurs mâts — les voilures repliées mettant comme un frein à leurs convoitises —, je me retrouvai dans mon pays, par un matin de brouillard. La France, quand il avait bien fallu que nous la retraversions, avait substitué un air menaçant à son amabilité antérieure. De cette prévenance, il ne restait rien. Je ne sais s'il s'agissait là d'une idée que je me faisais, mais je crus observer que les Français eux-mêmes se traitaient sans franchise, comme si un obstacle intangible, un besoin de dissimulation et de ressentiment s'étaient soudainement mis en évidence parmi eux. Avant d'atteindre, sans traîner, Le Havre, nous dûmes nous arrêter dans quelques auberges qui étaient sur le trajet. Pendant ces haltes, nous voyions les gens, vaquant à leurs marchés et à leurs tractations, parler de tout sauf de ce qu'ils semblaient taire, mais cette préoccupation-là se trahissait pourtant par un coup d'œil à la dérobée, un regard soucieux ou soupçonneux : ainsi nous apparaissaient-ils par le truchement d'un représentant de notre ambassade qui, flanqué de deux hommes auxquels incombait notre protection, avait reçu l'ordre de ne pas nous abandonner tant qu'il ne nous aurait pas déposés à bord même du vaisseau ! Seuls quelques individus de passage, tout enorgueillis, s'exprimaient à haute voix, et ces fanfarons se vantaient de ne pas laisser la vie sauve fût-ce à l'ombre d'un huguenot, regardant les uns et les autres d'un air de défi, pendant que — triste spectacle offert par l'humanité — les uns faisaient chorus et les autres tâchaient d'esquiver. On sut qu'Elisabeth avait reçu l'ambassadeur de France vêtue de noir et qu'elle lui avait lancé, sur un ton tout à fait inaccoutumé : ''Quel pays est-ce donc que celui-là, Excellence, qui érige en mode de gouvernement l'assassinat dans la rue, s'en prenant à ceux qui ne commettent pas d'autre faute que de confesser leur foi ?" Et quand le diplomate, apparemment impassible, répondit, si l'on en croit la rumeur : "On n'assassine pas, Madame, on ampute la gangrène...", la Reine l'interrompit instantanément d'un *What an impudence !* en donnant sur la table un coup de la main si fort qu'elle mit en morceaux la monture de son éventail. A l'inverse, le roi d'Espagne, Philippe, touché au plus profond de l'âme, envoya des félicitations à la Cour de France, et pour être précis à sa belle-mère, dont il avait menacé d'envahir le royaume lorsqu'elle se perdait en atermoiements en face de l'hérésie. De même le Pape, à Rome, faisait-il chanter un *Te Deum* en témoignage d'action de grâces et, au lieu de pleurer comme l'imposaient les événements, il exultait. Tant est grand l'aveuglement auquel mènent l'intolérance et la rigueur du pouvoir.

Rentrés en Angleterre, nous reprîmes notre travail : depuis ce moment, deux ans ont passé — Valentin venait d'en avoir dix-huit. Jusqu'alors, c'est à peine s'il s'était séparé de moi ; de temps à autre il s'en allait avec ceux de son âge, tantôt pour faire du sport, tantôt simplement (je le pensais, en tout cas) pour les errances auxquelles on consacre bon nombre d'énergies vierges qui servent de combustible à l'existence et sont inutilement employées, avec une prodigalité qui n'appartient qu'à ces années. Mais son centre de gravité, c'était moi. Et cela me comblait. Je ne sais, aujourd'hui, si l'esprit aide la matière ou s'il la contrarie. Ou si cette contradiction ressortit à ce que nous appelons, avec les refoulements que la culture nous inspire, vie spirituelle. Le fait est que, malgré l'avertissement que j'avais reçu à propos de la vérité intrinsèque de mes sentiments, je m'efforçai de continuer à vivre comme si je ne savais rien, me vantant pour moi-même d'avoir acquis sur la nature une maîtrise que les événements sont venus démasquer d'une façon si impitoyable et si horrible. En portant sur moi un jugement, je ne voudrais pas néanmoins pécher par partialité. Mon artifice n'était pas celui du vulgaire simulateur s'imposant, eu égard au monde qui l'entoure, une conduite qui doit lui être propice ; elle n'avait pas non plus, je crois, des racines religieuses et je n'enregistrais pas en moi cette âpre lutte avec le péché qui confère à la vie de certains esprits sa règle d'austérité. Ma lutte était d'un autre genre et je ne sais même pas s'il y avait une lutte ; il s'agissait plutôt de défendre une chose acquise et que je tenais pour appréciable : le fait de me savoir différent des autres. Cela semble impardonnable mais c'est ainsi. Et, comme la trame de mes goûts, de mes inclinations, de mes domaines d'élection s'était faite si serrée, si épaisse et si subtile et qu'en outre un puissant flux de sève circulait à travers elle, je sentais se mouvoir délicieusement par ses méandres un tel amour pour la vie, les choses de la vie, les objets mêmes qui l'ornaient de leur charme, pour les formes évocatrices du passé, pour le présent et ses situations inespérées, que le moteur de tout cela était (aspect curieux et digne d'être pris en compte) resté pour ainsi dire emprisonné et oublié, ainsi que je le constate maintenant, sous l'éclat même de ses failles. C'est-à-dire que j'aimais la vie, mais que je me refusais à elle ; je la regardais agir, mais sans m'engager. Mon travail d'acteur passait pour une manière d'intervenir en elle, il n'était pourtant qu'une activité dont je substituais l'apparence — aussi splendide qu'on puisse la trouver — à la rigueur plus secrète de mon véritable destin. De surcroît personne, je le répète, n'a moins que moi manqué d'égards envers les faiblesses d'autrui, et on en rencontrerait une bonne preuve dans les très fréquentes occasions qui me virent accueillir les confidences et prodiguer les consolations ; si, indiscutablement, il n'y avait pas manque d'attentions, c'était bel et bien une impression douloureuse que me causait la sujétion de la créature humaine à un ascendant qui la faisait souffrir, l'humiliait et, d'une certaine manière, lui ôtait de son prix, ce qui m'amenait, sous la compassion que l'être était susceptible de m'inspirer, à juger qu'il était de mince valeur. Je ne sais jusqu'à quel point c'était là un sentiment altier et dénaturé, mais, si je considère ce qu'il m'a fallu endurer plus tard dans ma propre chair, j'étais bien loin de supposer les proportions qu'atteint le tourment amoureux dans les profondeurs de l'âme. Et plus encore dans les cas où celui sur qui nous avons posé nos yeux et concentré notre passion peut être notre frère, certes, mais jamais notre amant. Le sort m'a réservé ce genre de supplice, que j'ai dû soutenir et dont j'ai tenté de sortir par un geste abrupt et coupable — inutilement. Car le résultat de mon acte porte ce nom qui stupéfie ma conscience : l'inutilité.

Mais il faut continuer : je me souviens maintenant que, bien avant de connaître Valentin, à l'époque où je ne jouais encore que de petits rôles, un page arriva un soir chez mon oncle Arnold, porteur d'un message qui se révéla être de Bacon et dans lequel je crois me rappeler que celui-ci recommandait à mon oncle un auteur — je ne sais s'il ne s'agissait pas d'une œuvre de Thomas Heywood. Quand eut disparu l'enfant, un jeune garçon bouclé et (le détail est resté gravé en moi) enfoncé jusqu'à la ceinture dans de longues chausses de couleur mauve, à la mode de cette année-là, oncle Arnold dit avec un imperceptible sourire : "C'est son Ganymède." Et je ne lui en demandai pas davantage. Ce n'est pas qu'il s'agisse d'une anecdote indispensable, mais elle me vient à la mémoire. Ce qu'il est indispensable de savoir, en revanche, c'est la façon dont je m'accommodais, ou tâchais de m'accommoder, de ma perplexité, une perplexité secrète qui n'affleurait pas mais qui, malgré les efforts que je tentais pour l'étouffer, me maintenait dans un état de nervosité indiscernable, qui n'affectait que mon subconscient. Par exemple, durant un certain temps, je m'imaginai avoir trouvé la racine naturelle de ce qui m'apparaissait comme une déraison. Cette perception, je me figurai la capter un soir où nous jouions un des *Henry* : alors que je donnais quelques directives aux machinistes, j'aperçus Valentin qui, déjà vêtu en souveraine, sortait de sa loge, et, sans se soucier encore du rôle qu'il allait interpréter, se dirigeait vers la scène pour y prendre la place qui lui était dévolue avant le lever du rideau. L'attention que je prêtais à ma tâche ne put empêcher l'irruption d'une idée bizarre, que je happai précipitamment sans pouvoir discerner, dans l'instant même, qu'il ne faut pas accorder foi à toutes les impulsions. La silhouette de Valentin s'accompagnait de ce halo qui la délimitait ; c'était le reflet de son charme personnel dans la lumière ambiante, dont on ne savait pas bien si elle existait en dehors de Valentin ou si elle émanait de lui. Son pas, un peu trop long pour être celui d'une femme, au lieu qu'il bouleversât la silhouette, lui communiquait une grâce infinie — pareille à celle de ses gestes, délicats mais non strictement féminins, à celle de son expression, harmonieuse mais non douce — et tout cela lui conférait un air de singularité que celui qui le regardait (en l'occurrence, le public) avait noté dans l'instant, sans être encore à même d'en apprécier la valeur, mais auquel, lorsque la foule s'en était rendu compte, Valentin devait le succès de sa présence en scène, qui était plus qu'ambiguë : irréelle. Par conséquent, il me fut aisé d'accepter l'idée que cette créature (incarnée par Valentin, grâce au don de l'art, avec des traits rebelles à l'analyse et même à l'appréhension, faits pour la seule contemplation) était ce qui m'avait suggestionné au point de m'éprendre d'elle. J'étais amoureux d'une irréalité, d'une évocation, plus douée de matière que le charme du poème, plus fugitive que l'effigie de marbre, mais également insaisissable. Les sens la percevaient, avec sa forme, son galbe, sa couleur, son mouvement, le son de sa voix et pourtant on ne pouvait la toucher, puisque Valentin n'était, pour ainsi dire, pas plus que le cristal dans lequel s'offre à nous, comme s'il y était contenu vraiment, un fluide impalpable. Et cette fantasmagorie me servit, dans la mesure où ses attraits m'aidaient pour continuer d'éluder la question et pour donner à mon tourment, ainsi que cela se révèle clairement à moi aujourd'hui, cette fallacieuse apparence de caprice que nos passions acquièrent quand, nous offrant une chance d'authenticité et réclamant notre soutien, elles reçoivent en guise de réponse l'atermoiement et l'outrage. Ah, fiction du monde ! Labyrinthe de l'âme humaine ! Par quels chemins d'indignité et vers quelle adversité épouvantable conduisez-vous sans trêve ce qui aurait peut-être pu, dans la spontanéité, être l'expression d'une force vierge ou l'accomplissement d'un lien fidèle ? Par quelles routes pavées d'équivoques nous voyons-nous poussés, à quels carrefours inattendus nous abandonne-t-on, sans qu'une voix claire comme une après-midi de printemps nous inspire le renoncement, qui est juste, ou l'acceptation, qui est judicieuse ? Oh, acte, geste, volonté, dans quelle confusion tu surgis, enfant de l'obstination plus que de la grâce, puisque nous ne péchons pas seulement par action, mais aussi par omission et davantage encore par méprise — et nous méprendre à cet unique instant de notre existence (instant définitif, toutefois) revêt pour l'homme les proportions incommensurables d'un échec qui engage la vie même ! Se pouvait-il que je n'eusse pas vu, moi, que derrière les tresses de Juliette, la chevelure éparse d'Ophélie, la chemise flottante de Desdémone, plus intérieur que la passion, la folie ou la fidélité de chacune de ces femmes jeunes et gracieuses, se trouvait, dans le fond de ces pupilles, comme le goût précis d'une liqueur, comme le scintillement d'un être véritable, la présence d'autre chose ? Si, je l'avais vu, reçu au plus intime de mon être, mais la fulguration même qui avait entouré cette perception l'avait aveuglée et endormie ;

dans les songes, je semblais me souvenir et c'est seulement ainsi, en rêve et sans qu'elle se rendît compte de ce qu'elle faisait, que l'image de l'évidence avait pu continuer d'agir, en s'abstenant de blesser, comme il en est du globe solaire lorsqu'il se lève à l'horizon parmi le flou d'un jour nuageux. Oui, j'avais recueilli la révélation. Il n'y a que cela qui puisse expliquer, à présent, certaines particularités de ma vie émotive que je n'ai pas tenues pour dignes d'être fouillées, mis à part l'imperceptible plaisir qu'elles produisaient en moi — imperceptible à force de ténuité. Par exemple, l'espèce de joie intérieure que me causait la représentation de la comédie *As you like it*, au moment où, parmi les délicieux épisodes pastoraux, nous arrivions à la scène du troisième acte pendant laquelle — situation bizarre — Rosalinde, habillée en jeune homme (ce qui donne lieu à un de ces jeux de miroirs toujours renouvelés qui plaisent tant à l'auteur), me disait à moi, qui jouais Orlando, épris de Rosalinde mais ne la reconnaissant pas sous son astucieux travesti : "Je vous soignerai, pourvu que vous m'appeliez Rosalinde et que vous veniez tous les jours à ma cabane, pour me faire la cour." * Ce raffinement compliqué ne pouvait que me jeter avec plus de flamme dans le jeu. Que l'on songe que cette Rosalinde vêtue en garçon, ainsi que l'imposent les péripéties de l'œuvre, et me demandant de lui faire la

* Shakespeare, *Comme il vous plaira*, acte III, scène II. (N.d.T.)

cour, n'était autre que Valentin et que moi, avec lui à mes côtés, à sa face même, je lui parlais d'amour devant les yeux de tous, comme si, brusquement, un masque se fût laissé tomber de mon visage. Mais cet enchantement s'exerça de manière encore plus directe quand nous montâmes, au milieu de l'impatience générale et des incessants potins auxquels on pouvait s'attendre dans tous les coins, l'*Edouard II* de Marlowe. Valentin était Gaveston, le garçon qui, selon les chroniqueurs, avait reçu du roi une cuirasse d'or inscrustée d'hyacinthes et qui exerça sur le souverain une fascination proche de l'inconvenance. Sa svelte allure se révélait alors sans détours au public et elle provoqua en moi, bien sûr, le contentement de le voir et d'exposer en scène, devant le jugement de ces étrangers, la dévotion qu'il m'inspirait, mais il s'y joignait une sorte de malaise, comme si j'avais l'impression d'être découvert à l'instant où m'atteignait la sensation d'une lumière trop crue.

A l'occasion de ce spectacle, après avoir fêté son succès par des libations plus copieuses qu'à l'accoutumée — en ce qui me concerne, tout au moins —, je finis, quand les acteurs se furent retirés pour prendre du repos, par me retrouver dans le cabinet qui précédait ma chambre, à l'heure où, par la fenêtre, un mouvement blafard se discernait à l'horizon et où les dernières bûches s'éboulaient sur la pierre de la cheminée ; c'est alors, comme Valentin s'approchait et me souhaitait une bonne nuit, que je m'entendis, dans les vapeurs du vin (selon l'expression consacrée), exhaler avec une intonation extasiée : *Oh my Gaveston, my insomnious Gaveston !* En même temps, comme si une puissante courroie s'était détendue à l'intérieur de ma poitrine, je tombai sur lui, l'étreignant avec une telle effusion que sa tête resta enfoncée contre mon épaule, et moi, submergé pour ainsi dire, sans me rendre vraiment compte de ce que je faisais, je l'embrassais sur les cheveux, sur la tempe. Tout cela fut un éclair. Surpris sans doute, Valentin, dans ses efforts pour libérer son visage de mon joug, fit juste ce qu'il fallait pour me regarder en face, cependant qu'il me disait, sur un ton qui se voulait sévère mais dévoilait ses dispositions bienveillantes : ''Qu'est-ce que cela signifie, Richard ?'' Et, après cette courte pause passée à m'observer, il se plaça de nouveau sur ma poitrine, animé d'un acquiescement tel que tout mon corps se sentit envahi par une attente angoissée au sein de laquelle semblait avancer, venu de très loin, arraché au plus intime de l'être, quelque chose qui se partageait entre la lumière et les sombres teintes du meurtre, et faisait songer à l'énergie de la foudre dévastatrice. Dans mon récit, rien ne m'intimide davantage que l'allusion à ce moment funeste, à propos duquel je m'interromps ici — un moment qui n'allait pas se répéter.

Reconstruire, voilà à quoi je m'emploie. Ainsi que je l'ai dit auparavant, les faits se présentent à nous de manière catégorique : ils furent, et personne ne peut les faire disparaître, ni même les corriger ; ils sont là, tels qu'ils furent. Mais leurs conséquences, comme elles sont insoupçonnées, tortueuses, hasardeuses ! On remue un doigt et le monde commence à tourner à l'envers, ou à sortir de son orbite, comme si, par un manquement de notre attention, un manquement secret, nous avions provoqué un dérèglement qui nous entraîne avec lui jusqu'à ses effets mêmes, ni prévus ni désirés par nous, mais dont il semblerait qu'ils étaient inscrits — avec le naturel de l'inexorable, dirais-je — dans le cours de ces développements. On pourrait croire que les astres, à la fois impassibles et empressés, les dirigeaient… Quelle autre chose reste-t-il à l'homme que de poser à nouveau le regard sur ses actes passés comme si lui-même n'était, ou n'avait été, que l'acteur de ce qu'il contemple maintenant du dehors (si grand est l'effet de la distance) avec une stupéfaction qui, souvent, n'est exempte ni de dégoût ni même d'horreur ? Bien que quelque chose, la certitude persistante d'un lien inscrit dans le sang — et aussi dans le sang versé, hélas ! —, lui indique que c'est lui, et pas un autre, et pour toujours, qui est le protagoniste de l'histoire ; le protagoniste et le coupable.

Comment comprendre ce qui arriva dès le jour suivant ? Mettant à profit un moment où Valentin venait chez moi pour préparer l'horaire de la journée, je me surpris, quoiqu'usant de sous-entendus, à lui parler du fugace contretemps que nous venions d'avoir, en tâchant d'amener son esprit à cette considération : certains abandons peuvent ne signifier rien d'autre que l'expression de quelques surcroîts d'émotion qui, à des moments déterminés, parce que la situation y est propice et que notre âme enivrée subit le mirage du bonheur charnel, essaient de déposer leur charge, purement psychique et affective, au creux de bras amis et fervents. Transport que nous pouvons (si nous l'acceptons pour ce qu'il est) interpréter comme un témoignage de nos désirs les plus élevés — bien qu'ils nous apparaissent soumis aux fatales limites de notre condition — mais que nous ne devons encourager d'aucune façon, car cette décision ferait d'un débordement exceptionnel une pratique pernicieuse. Je façonnai quelque chose de ce genre et, si je ne feignais pas à proprement parler, c'était comme si je cherchais par ces arguties à me tranquilliser et à repousser tout soupçon de la part de Valentin. Voilà ce dont je me repens plus que de n'importe quoi. Il ne sembla pas perdre contenance ; de tout temps, mes paroles l'avaient touché, mais c'était un matériau si... innocent qu'il était prédisposé, plutôt qu'à comprendre, à assimiler, à faire corps avec les choses profondes de ce monde. Ce n'est pas qu'on eût pu le modeler comme la cire : j'eusse plutôt dit qu'il était lui-même cette profondeur, moins par les connaissances qu'il pouvait avoir que par sa manière d'exister. En lui, tout était à l'état potentiel et n'importe quel stimulant le nourrissait. Ainsi, pendant qu'il écoutait, j'aurais pu le voir croître devant moi. Ce jour-là, quand je cessai de parler, il se fit un silence durant lequel mon cœur, se sentant trahi, accéléra ses battements, comme s'il attendait que vînt du dehors l'assentiment qu'on lui refusait dans sa propre demeure. Appuyé sur ma table, Valentin retournait entre ses mains un coupe-papier d'ivoire ; à la fin, semblant résumer par ces mots le cours d'une réflexion touffue, il dit : ''Il n'y a pas de quoi devoir me repentir ; avec toi, rien n'a d'importance.'' Ces paroles me calmèrent. Plus encore, elles me maintinrent pendant plusieurs jours dans un état d'intime allégresse, d'heureuse harmonie avec tous les aspects de l'existence — un état que je connais bien et que je tiens, en ce qui me concerne, pour l'expérience la plus réconfortante de mon passage sur la terre. Dans ces situations, la vie s'illumine par l'intérieur, elle semble émettre une énergie qui embaume tout et enlève à la création sa pesanteur sans rien lui retrancher de sa gravité. Il est difficile d'expliquer ce qui nous arrive, parce qu'en réalité il ne nous arrive rien qui se puisse décrire précisément, mais ce ''rien'' ne ressemble pas du tout, par exemple, au ''rien'' vide et déprimant de l'ennui ; c'est au contraire un "rien" fait de plénitude et de luminosité, et qui se saisit des créations de la vie, de ces choses qu'elle a touchées de sa main pour leur donner forme : il leur communique une sorte de beauté terrestre dont les effets, n'étant pas la concupiscence mais la contemplation, n'étant pas l'effort de la possession mais le plaisir de la facilité, évoquent assez le passage léger de la brise sur la calme surface de la mer. Les anciens diraient qu'en ces moments bienheureux, nous recevons la visite d'un dieu. Lorsque cela survient, nous ne sommes pas dans l'inaction ; qu'on ne croie pas que nous soyons à la merci de ce qui nous arrive et que nous nous y dédiions en abandonnant les besognes quotidiennes. Peut-être cette possibilité romprait-elle le charme, car celui-ci est fragile, en dépit de sa plénitude. Pour ce qui est de l'attention qu'il requiert, il suffit de savoir qu'il nous a envahis et de continuer de vaquer à nos occupations : nous entrons, sortons, descendons, montons, remplissons notre tâche, comme si nous portions au-dedans de nous ce flamboiement qu'on ne voit pas mais qui nous allège. Et de la même façon qu'un soir, dans le ciel serein auquel nous nous étions accoutumés, surgit brusquement à l'horizon un nuage noir, qui grossit, lourd de présages, et finit par gagner, par obscurcir tout le domaine de la lumière, ainsi je sentis comment mon esprit s'assombrissait devant les assauts de cette question, bourdonnant comme un frelon qu'on ne parvient pas à chasser : qu'a-t-il voulu dire par ce "Avec toi, rien n'a d'importance" ? A partir de cet instant, tout se renversa et ma vie entra du tout au tout dans une phase de grande inquiétude qui, comme on le verra, culmina dans l'angoisse, aboutissant à cette fosse sans forme d'où j'écris à présent, après avoir traversé la flamme comme un possédé.

Valentin avait dit exactement ceci : "Il n'y a rien dont je doive me repentir, avec toi rien n'a d'importance." Ce qui m'avait calmé, et même rasséréné. Maintenant cela me bouleversait. Parce que ces paroles qui paraissaient claires (comme le sont les paroles quand on les sépare du reste) se transmuèrent en leur contraire et que leur intonation se mit à changer : exposées à la lumière du matin, on aurait dit que leur teneur s'était calquée sur le passage des heures et qu'à la fin, elle avait fait de la fumée de la nuit sa propre substance. Ce "Rien n'a importance avec toi", de positif qu'il était, devint négatif, d'une certitude active il se mua en un doute qui jetait le trouble en moi, et bientôt en une constatation insupportable, ne s'entrebâillant sur aucune lueur, n'étant l'occasion d'aucun possible : ainsi, cette expression qui s'adressait à moi d'une manière si spécifique finit par prendre l'aspect d'une porte fermée, ou davantage encore, d'une muraille inexpugnable. C'est que l'amour, pour se figurer ces idées-là, est doté d'une surprenante puissance. Disons qu'avec les illusions d'un amoureux, je croyais avoir entendu : quel que soit le jugement que nous posions sur nos actes, sur les plus douteux, les plus blâmables, à mes yeux il n'effleurera jamais le caractère particulier, exclusif de ce qui m'arrive avec toi ; de là venait, avais-je songé, ce que l'autre affirmation possédait de catégorique : "Il n'y a rien dont je dois me repentir." Mais cela, ce n'était pas ce qu'avait dit Valentin, c'était l'interprétation que j'en donnais : favorable, tendancieuse. Ce qu'il avait dit, l'intention véritable de ses paroles — si nous prenons en considération qu'elles furent prononcées après que je lui eus exposé, avec tout le sérieux habituel, le contenu que nous devions attribuer à l'abandon passager de ce petit matin-là, au cours duquel avait failli le contrôle que nous exercions sur nos âmes — était celle-ci : ce qui s'était passé n'avait pas d'importance, rien de cela n'en avait, c'en était même dénué ; non pas, comme cela se déduisait dans la première interprétation, à force d'être important, tellement ce l'était, mais simplement parce que cela n'avait aucune portée, n'était rien. De quoi on pouvait déduire aussi, c'était clair, qu'il n'y avait là-dedans aucune raison de se repentir. Ç'avait été un impromptu motivé par les circonstances, ainsi que je l'avais dit, et même pas une faiblesse : un jeu dans le flou de l'aube et de l'alcool, sans grande portée, et précisément parce que cela se passait avec moi, que c'était moi. Non que je sois dénué d'importance, il ne s'agit pas de cela, mais c'est qu' "avec toi, rien n'a d'importance" ou, ce qui revient au même, tout est permis, étant donné que j'exerce une tutelle sous laquelle tout paraît convenable — sans que cela compte vraiment, c'est-à-dire sans que nous n'ayons encore mis notre marque sur ce qui nous arrive, nous laissant porter comme en songe, indolemment, jusqu'à ce que sonne notre heure, celle de notre réveil, de notre libération, de notre choix. Le moment où Valentin dirait : "Cela, oui, c'est important." Je fais de mon mieux pour raisonner comme j'ai raisonné alors, si tant est que le raisonnement et l'égarement, dans leur essence contradictoire, puissent constituer une unité, si extravagante soit-elle. Le crime éclaire jusqu'au plus obscur recoin de l'âme humaine, mais ce que nous savons ensuite, ce que nous avons vu dans sa lumière, éclatante et épouvantable, n'offre que fort peu de ressemblance avec ce que le monde continue à qualifier de bon sens. J'en sais maintenant plus que je ne savais, et non seulement plus ; ma connaissance est d'un autre mode, pour le dire d'une manière impie : de l'unique mode possible, puisque pour le saisir je me suis lancé à la racine même du mal. Mais ce que je sais maintenant, je ne le savais pas alors, en cette époque que je suis en train d'évoquer, bien que je ne puisse aujourd'hui parler de cet "alors" sans lui superposer (ou sans lui avoir retiré des entrailles) mon savoir présent. C'est maintenant que la vie m'apparaît comme un tout sans commencement ni fin, une totalité dans laquelle chaque élément, dès le début, était déjà complet ; s'il n'était pas encore réalisé, il existait déjà, sans qu'il fût possible d'opter pour que cette existence s'accomplît sous une autre forme que celle, à la fois naturelle et énigmatique, qu'elle a prise. Il m'est impossible maintenant de penser à cela, c'est-à-dire à moi, sinon tel que je suis, tel que m'ont voulu les événements et sans que je puisse séparer ceux-ci de ce qu'ils signifient, puisque les choses, et nos actes, n'existent que par ce qu'ils signifient ; autrement je pourrais bien m'étendre à présent dans mon gîte, pareil à un félin, à un tigre assouvi, et fermer mes yeux fatigués sur ce qui est advenu, ainsi qu'on agit dans une existence qui ne se donne pas de sens sous son propre regard. Mais fermer les yeux sur le passé, c'est ce que l'homme ne peut pas faire car, en s'endormant avec ces événements, il en rêve, ce qui est bien pire. Et je ne veux pas, vraiment pas, que ma vie se transforme en rêve, mais plutôt en ce qu'elle a été ; je veux, maintenant que la voilà irréparablement accomplie, l'accepter telle qu'elle est, telle qu'il me revenait qu'elle fût — une réalité tragique, qu'on ne m'a pas imposée, qui a eu pour moteur le développement même de sa fatalité sur la base de prémisses inéluctables, à l'intention hermétique. D'une certaine façon, je me repose maintenant, parce que je sais, je sais sur moi ce qu'il me fallait connaître et, pour douloureux qu'il soit, ce savoir détend : l'effort pour savoir vous inquiète, la connaissance, une fois qu'elle est acquise, vous dénoue. Et je sais à présent, bien que j'aie dû pour cela traverser la brûlante ligne du crime, ce qu'il y avait vraiment au fond de ma continence altière, ce qui se trouvait là tapi comme un lapin, sensitif et secret, et puissant dans son insignifiance, puisqu'il suscitait tout le reste, comme un *primum mobile* que sa petitesse fait passer inaperçu, alors qu'il est la cause de la palpitation des étoiles et du battement des cœurs : chez moi, c'était la peur, voilà ce que j'ai découvert, ce que je sais. La peur était le principe divin qui m'inspirait et qui, de démon furtif qu'il était, avait fini par se muer en mon dieu dominant. La peur de la vie, de cette vie dont j'avais réussi à conjurer la violente attraction grâce au leurre sublime de l'art ; toutefois, lorsque cette attraction s'incarna pour moi en Valentin — car c'est le genre d'apparence que revêt la vie, en dernier ressort, quand elle veut nous contraindre, sans en avoir l'air, avec grâce, en se plaçant à la portée de nos occasions —, elle me mit dans une impasse où il n'existait d'autre issue que d'attaquer ou de me rendre. Ce en quoi la vie triche, assurément. Parce que, si cet être en qui elle s'est incarnée est par conséquent la vie tout entière, voilà ce que nous voulons faire nôtre : la vie, dans la figure particulière sous laquelle elle se présente à nous, bien sûr, mais nous désirons en même temps embrasser ce qu'elle a d'incommensurable. C'est en cela que la vie triche : dans cette promesse qu'elle paraît nous faire, de nous livrer l'incommensurable dans les bras de figures contingentes — en l'occurrence, de la créature humaine qu'elle fait briller devant nos yeux suppliants, comme si, sous cette enveloppe séductrice, elle ne nous offrait pas seulement un être concret, mais la vie universelle, personnifiée et mise à notre portée. Car aimer consiste véritablement en cela : centrer sur quelqu'un l'attraction qu'exerce le cosmos. Ce quelqu'un, c'était pour moi, ainsi que j'ai dû me l'avouer, Valentin ; cette petitesse d'un être humain, si fragile soit-elle, ce peu de matière délimitée et expressive était devenu pour moi l'univers, et ce faisant il m'avait réduit. L'univers, totalité diverse et puissante, n'avait plus ni forme, ni regard, ni message, si ce n'étaient les dons de Valentin, sa silhouette, sa figure, son regard, sa voix. Mais, dans cette mienne expérience que je veux croire exemplaire, afin qu'il demeurât évident que l'amour est un point de départ et jamais un lieu d'arrivée, la personnification s'effectua en qui était mon semblable, en un homme comme moi : de cette façon, on pourrait voir clairement, sans qu'il fût loisible de glisser vers d'autres formes de l'attachement humain moins irréductibles que celle que j'éprouvais, le piège pernicieux dans lequel on est tombé. En effet, on se trouve enfermé, sévère et vaillant, dans l'étroit et violent cercle de la passion exclusive pour quelqu'un, et il n'existe aucun dérivatif à cet objet, aucun qui ne soit lui : c'est en lui qu'on trouve son centre, sa subsistance, son abîme. De là vient le fait que moi (aveugle, c'est vrai, mais à demi visionnaire), j'aie lutté avec acharnement pour vaincre la passion, pour la vaincre et non pour l'endurer, et, si je tiens compte du dénouement fatal qui a eu lieu sous mes yeux, là pourrait résider mon erreur. Comment ne faudrait-il pas aussi voir là-dedans la force irrépressible, mais sans doute chargée d'intentions, du destin ! On nous choisit, nous ne savons pas pourquoi. Peut-être parce que nos dispositions nous rendent aptes à courir le risque dans lequel on nous laisse nous aventurer, cheminer vers notre réalisation, comme s'il incombait à chacun, dans son orbite propre, d'être le vivant modèle d'une expérience nécessaire.

Je continue mon récit : un jour arriva où un changement se révéla dans la vie de Valentin. Dans son assiduité, il se mit à y avoir des relâchements, insensibles d'abord, puis leur régularité devint manifeste. Nous avions établi un repos hebdomadaire que nous passions toujours ensemble et dont nous avions coutume d'agrémenter les soirées en faisant de la musique avec quelques compagnons, qui étaient de bons instrumentistes ; l'un d'eux nous dédia une charmante composition, non dépourvue de mérites, une sorte de motet profane que nous l'écoutions interpréter sur la précieuse épinette que j'avais, avec d'infinies précautions, fait venir de Venise et qui constituait le plus bel ornement de notre salon. Cette assiduité auprès de moi que manifestait Valentin ne fut jamais une contrainte : je ne l'imposai pas et aucune raison, si ce n'est son plaisir, ne poussa Valentin à l'adopter, mais j'avais fini, moi, par m'habituer à vivre dans ce climat aussi naturellement qu'on aspire l'air ambiant ; qu'un accident nous le supprime à l'improviste et c'est l'angoisse, l'impossibilité de respirer, la perte de la vie. Un jour, Valentin s'excusa, puis il cessa d'apparaître et, s'il venait encore de temps à autre, sa présence n'empêchait pas que son esprit fût ailleurs, si bien qu'au lieu de nous réunir, cela nous écartait l'un de l'autre et que l'harmonie de ces heures-là s'en trouvait rompue. Ce changement produisit chez moi un profond étonnement, dont je ne parvenais pas à sortir, comme si les lois de l'univers se fussent renversées, que le jour fût la nuit, et la nuit le jour. Puisque je ne pouvais plaider en faveur de la situation de naguère, ériger en loi ce qui, jusqu'alors, avait été, indépendamment du reste, un bonheur occasionnel — simple caprice du hasard —, mais comme il ne m'était pas non plus possible d'accepter ce nouvel état de choses qui bouleversait à l'improviste mon univers habituel, tout pour moi devint confus, avec ce désarroi soudain qui m'avait envahi, et, pareil à l'emmuré n'osant se mouvoir, par peur de faire ainsi la preuve de sa condition de prisonnier, je ne pouvais, moi, dans cet enchevêtrement d'impuissance, ni raisonner ni juger ; mes raisonnements, en effet, loin de mériter ce nom, étaient les émanations d'une âme captive, qui toutefois soupçonne peut-être que ce qui l'attend par-delà la captivité n'est pas tant la liberté que la désolation, par suite de quoi, au lieu de trancher, elle se tortille dans ses indécisions, dans son chaos. Par une de ces nuits dont je parle, ne pouvant trouver le sommeil, je sortis dans la longue galerie vitrée sur laquelle s'ouvraient nos appartements et, allant et venant d'un bout à l'autre du couloir, je me consumais dans le vide, sans prétendre à rien, sans rien me proposer. Il était deux heures du matin, la chambre de Valentin était vide. A ces heures-là, nos obsessions, pareilles à la fièvre des malades, deviennent glaçantes ; une sorte de frisson spectral parcourt notre être. Nous ne sommes plus maîtres de notre destinée et nous sentons seulement respirer, sous une ombre d'inconscience, ce qui apparaît comme l'unique recours de notre âme hypnotisée : l'imprévu. J'entrai dans mon cabinet, pour voir si une tâche exigeant de la concentration réussissait à m'arracher à mon insupportable état d'incertitude ; sur ma table se trouvaient les fichiers du travail qui retenait mon attention depuis un certain temps et auquel je devais (peut-être plus qu'à mon métier d'acteur) les seuls moments où j'échappais à mon tourment : une histoire du théâtre, inspirée par mon voyage sur le continent et pour la rédaction de laquelle je m'employais à me fournir en textes, en données et en suggestions. Mais il fut inutile que je m'assoie devant ma table et me mette à remuer distraitement les papiers. Mon attention était et demeurait ailleurs. L'oppression que je ressentais me poussa une nouvelle fois à l'extérieur, non sans que j'eusse d'abord jeté sur mes épaules une pelisse, pour me protéger du froid ; un brouillard tenace collait aux fenêtres. Presque au même moment, à la lueur tremblante de la chandelle qu'un geste machinal m'avait fait prendre sur mon secrétaire, je distinguai, du côté de l'escalier, une silhouette qui se dirigeait vers moi et me fit, d'un bond, quitter mon attente inquiète : c'était Valentin. La scène qui eut lieu alors n'est pas de celles qui souffrent d'être décrites. Les parois de cette attente lourde d'angoisse qui s'était accumulée goutte à goutte tout le long de la nuit sautèrent et, pareil à un fauve qu'on aiguillonne avec des fers rouges, j'éclatai en injures invraisemblables. Nous entrâmes dans ma chambre, je laissai le chandelier sur la table, la veste glissa de mes épaules, et, en m'agitant furieusement entre ces quatre murs, je vomis une masse incohérente de menaces et de reproches qui tombaient sur moi ainsi que la lave, poisseuse, d'un volcan en colère. Je perdis le contrôle de ma dignité et franchis en barbare les confins interdits de la vie, comme un pilleur de palais dont la rage confond le futile avec le sacré. Dans leur effroi total, les brides d'une raison encore furieuse cédèrent, et je me retrouvai seul, seul et désemparé, à désigner avec un sarcasme impitoyable les zones obscures qui enveloppaient la naissance de Valentin. Ensuite, et sans qu'il y eût de transition, je m'écroulai sur une chaise, versant des sanglots inconsolables et me cachant la face.

Point n'est besoin que je le dise : la femme était entrée dans la vie de Valentin. En fait, je le savais déjà ; ce n'est pas dans cet ordre que se passèrent les événements. Entre la première désertion de Valentin et la scène extravagante que je viens d'évoquer, il y eut du temps et des éléments précis, précis et douloureux à l'instar de coups de poignard. Celui qui joua le rôle de l'exécuteur, me tenant au courant de chaque détail, c'était Iago — en raison de ce que je m'apprête à conter, je me plais à le nommer ainsi. C'était un compagnon lié à moi depuis fort longtemps, et jaloux de nature. Le fait que, bien qu'il eût répété à satiété les paroles incisives et scélérates de l'odieux Iago, celles-ci n'aient laissé en lui, hors de scène, pas même l'écho le plus lointain, ne manque pas de surprendre : il en va de même avec ces employés du Trésor public, passant la journée à compter des pièces qui sont comme un flux d'or et s'en retournant chez eux les mains vides. De ces paroles, il n'avait rien retiré qui lui servît d'avertissement pour lui-même et qui prévînt ses inclinations. Il se blessait et, par contrecoup ou par une inévitable coïncidence, il faisait mal aux autres, il les saccageait. Il faisait d'eux ses victimes sans s'y arrêter, d'une façon irréfléchie, puisque l'élan même de cette conduite passionnelle ne le laissait pas prendre garde au tort qu'il causait. Je me réfère spécialement à sa relation avec moi et, d'une manière très concrète, au rôle purement inconscient qu'il joua dans ma tragédie. Je m'expliquerai. Je l'appelle Iago car c'était là sa plus grande interprétation — avec celle de Shylock où il paraissait insurpassable. Ce n'est pas que ces rôles le découvrissent ; souvent, l'acteur a peu à voir avec ce qu'il représente, et j'oserais même ajouter qu'il a peu à voir avec rien et qu'en certains personnages il cherche, comme une sorte de destin particulier, la teneur d'un caractère qui lui fait défaut, mais qu'il peut doter d'éloquentes qualités expressives ; ainsi se présente à lui l'occasion, pendant un moment, d'être quelqu'un et parfois il y adhère avec un enthousiasme, voire un talent qui l'immortalisent, il trouve une personnalité dans un autre être auquel, pour sa part, il donne vie. Iago n'était pas mauvais dans le sens extrême où l'est le personnage shakespearien, il l'était en ton mineur et sans dessein, à la manière dont généralement on est mauvais, par le fait d'être homme. Et parce que, de surcroît, les ressorts de la vie étaient, dans son cas, imprégnés par la sécrétion d'un péché capital : l'Envie. J'ai parlé de jalousie, à tort : Iago était un envieux. Et sa jalousie n'était qu'un corollaire. Il était jaloux de ma prédilection pour Valentin. Il était jaloux de tant d'autres aspects de la vie ! Mais son principe passionnel était l'envie, et il concentra celle-ci sur Valentin. Pas précisément, ou pas seulement sur sa relation avec moi. Il l'enviait pour une foule de traits particuliers, mais il le faisait aussi de façon entière, sans entrer dans les détails. Lorsqu'un péché prédomine dans l'âme et qu'il y règne en despote, on dirait qu'il déloge les autres. On ne rencontrait chez Iago ni reste d'orgueil ni trace de paresse : c'était, pour ainsi dire, l'envieux à l'état pur. Et cette envie qu'éprouvait Iago et que Valentin alimentait en rayonnant de grâce fut, pour moi, funeste ; elle faisait office de braises pour entretenir constamment le foyer où mon égarement se consumait à petit feu. Au début les allusions de Iago me divertissaient, quand elles ne m'ennuyaient pas. Là où, posant le regard sur Valentin, je voyais une facilité généreuse, il découvrait, lui, de la frivolité ; ce que je tenais pour la modération sur laquelle s'appuie l'harmonie d'une jeunesse passait à ses yeux pour un retard puéril, qui attendait l'heure de se débarrasser du mince voile qui le contraignait, ainsi qu'on le fait d'une chrysalide. Si, pour vanter l'allure de Valentin, je me référais au magnifique désintéressement de son geste, il opposait à mon enthousiasme la crainte que suscitait cette conduite dénotant de façon patente son irresponsabilité et, à l'en croire, ne présageant rien de bon. Le portrait de Valentin que Iago faisait dans ses pires moments de mauvaise humeur était celui d'un joli garçon en qui les désirs capricieux tenaient lieu de volonté : par un ''pacte invisible et démoniaque'' — telle était son expression — il enjôlait ceux d'Argos et ceux de Troie, en leur faisant soupçonner (avantageusement pour lui) la présence d'un dieu flatteur. Et, quand je ne riais pas, je lui imposais silence. Mais la balance sembla pencher de son côté lorsque, comme je l'ai dit, Valentin déserta. Lorsque, selon la prédiction de Iago, la larve se mua en papillon et que l'assentiment céda le pas à l'indépendance. Alors mon jugement cessa de prévaloir ; je n'étais plus maître du gouvernail, la mer avait perdu sa soumission, elle me faisait sentir sa houle. Le maître fut Iago, lui qui était à ces heures-là au courant des vicissitudes de Valentin, puisqu'il menait une existence qui ressemblait davantage à la sienne. Et il m'informait de ses aventures, pour sa propre satisfaction et sans s'attacher au mal qu'il me causait. Sans même le deviner : voilà en quoi consiste l'aveuglement. Tout ce qui était susceptible de déconsidérer Valentin lui paraissait licite et, s'il se rendait compte que cela le détachait progressivement de moi et me l'arrachait, il ne s'attardait pas à imaginer au prix de quels déchirements intimes cela s'effectuait, et moins encore quelles inquiétantes idées cela faisait s'assembler et prospérer dans mon esprit affligé. Car le but auquel il visait en agissant ainsi était de satisfaire un ressentiment.

Un jour, par exemple, alors que je me trouvais au manège, Iago arriva et s'employa à examiner attentivement l'allure d'un cheval qu'on voulait nous vendre et dont le maquignon nous vantait la sèche silhouette de lévrier et ces contreseings exemplaires de la beauté que constituaient la queue et la crinière noires (cette dernière luxuriante, couleur de prunelle), ainsi que les taches sombres de la peau autour des yeux flamboyants et découpés en amandes — c'était un cheval aubère. Enfin, avec l'air de ne pas y toucher, quasiment à l'instant où il allait prendre congé, Iago prononça ces mots que je transcris le plus rigoureusement possible : ''Cette nuit, Valentin a-t-il dormi à la maison ?'' Comme le coup de griffe m'arrivait à l'improviste, je répondis brusquement : ''Est-ce que, par hasard, je serais son gardien ?'' Puis, essayant de retrouver le ton accoutumé, mais sans obtenir que disparût de mon expression une ombre de faiblesse déguisée : ''Valentin n'est plus un enfant et il s'avérerait inadéquat de lui mesurer une liberté dont tant d'autres profitent, à son âge. Et au nom de quelle loi ? Les époques de notre vie exigent, à l'instar des saisons, un changement de lumière, de température et de floraison. Qu'obtiendrions-nous si, au lieu d'y consentir, nous nous opposions au cheminement naturel des choses changeantes, des jours inconstants ? Faire pression ? Faire échec ? Que le ciel nous en garde !'' Expressions chargées de sens, en vérité, mais qui, prononcées par moi, ne laissaient pas d'être de ces paroles qu'on dit du bout des lèvres, de ces airs présomptueux qu'on se donne. Il me fallut entendre ce qui va suivre : ''Son âge, Valentin en tire vanité. Voici peu de temps, il a développé pour moi ce thème dont je viens de t'entendre parler, et quasiment dans les mêmes termes : ''On n'est pas éternellement un petit enfant, on devient un homme. Et notre conduite aussi change avec les années. Pourquoi faire d'un phénomène aussi évident un motif de divergence ?'' Et Valentin d'ajouter en guise de conclusion : ''Ce que j'ai vécu jusqu'à présent m'a ravi, ce que je vais vivre à partir d'aujourd'hui m'attire et me fascine.'' Et je me suis rendu compte qu'il faisait allusion à toi. Tant mieux si ce changement te trouve si bien disposé. Réfléchir, c'est toujours nous transformer, ou cheminer vers ce but. Tu dis bien qu'il ne faut pas entraver, ni limiter les horizons de la vie d'autrui. Mais enfin, Valentin ne va-t-il pas un peu trop loin ? Son âge est-il celui qui convient pour la vie qu'il mène ? Peut-il y avoir confusion entre l'assentiment qu'on octroie à l'indépendance de l'autre et l'impression que cet autre se fourvoie ? En ce qui le concerne, n'as-tu pas non seulement une tutelle à exercer, mais des obligations à remplir ? Dis-moi. Parce que, jusqu'ici, ses écarts n'ont pas été plus que des virevoltes. Son extrême jeunesse trouvait des ornements dans ses aventures naissantes, avec cette facilité qui caractérise une adolescente changeant les fleurs de sa coiffure, ou un *dandy* les façons de son justaucorps. Mais ce qui se passe avec Olivia est plus grave et Valentin semble être la proie plus que le conquérant. Diable d'homme ! Sous ses atours féminins, il est capable d'éveiller l'éclair de l'illusion amoureuse dans les pupilles captivées qui le voient évoluer sur scène, mais une fois que les nippes de sa métamorphose ont été suspendues dans la garde-robe de sa loge et qu'il a, comme par enchantement, pris son allure d'éphèbe, ce sont désormais les femmes qui tombent sous l'influence de ce nouvel ascendant et il semblerait qu'Hermaphrodite lui-même, ressuscité, ait acquis droit de cité parmi nous. Quel rôle joue-t-il au milieu de tels hasards et, en son for intérieur, quel sens cela prend-il que de recevoir pareilles faveurs ? Je l'ignore. La facilité n'est pas le terrain le plus propice pour apprécier la saveur de la vie. Si tout vous vient par surcroît, le plaisir est à l'eau ! En d'autres mots, le plaisir existe, oui, mais coupé d'eau. Tel est le destin malheureux de ces créatures brillantes qui ont tout et ne jouissent de rien. Là où elles posent le pied, l'absence de cendres nous indique assez clairement le manque d'ardeur dont s'accompagnent leurs pas. Elles ne brûlent pas, elles étincellent.'' Passant par-dessus ses considérations satiriques qui ne faisaient pour moi qu'enrober importunément la seule information qui me tourmentait, je demandai : ''Olivia ? Celle du... — Oui, celle du *Merry Crow*, en personne'', me répondit-il. Et, en même temps qu'il la nommait, il se livra contre elle à une attaque acharnée que je me contentai d'enregistrer et dont je sus plus tard les raisons.

Qui était cette trop fameuse Olivia, tous le savent. Et il est clair que, pour moi, elle acquit à ce moment — non sans que je dusse faire violence à un dédain instinctif à l'encontre de certaines atmosphères malsaines — un relief qui m'était douloureux. A cette époque-là, j'eus une conversation avec notre Falstaff, qui en outre créait nos costumes. C'est un brave garçon, non dépourvu de cette touche de malice dont la bonté se trouve parfois gratifiée, et qui la rend doublement attachante. Au contraire de Iago, il s'était toujours bien entendu avec Valentin et leur estime était mutuelle. Ils n'étaient pas opposés, mais complémentaires, ce qui les aidait à partager la vie en commun. La qualité qui distinguait Falstaff, lui qui, en scène, incarnait avec tant de joie et d'une façon si convaincante la bonhomie impertinente et errante — il faut l'avoir entendu dire sa tirade : ''Ce n'est pas l'honneur...'' pour percevoir la sagesse populaire que parfois la bouffonnerie peut cacher à dessein —, était la modestie. Je ne connais personne qui ait sur soi une opinion aussi mesurée et aussi dépourvue de ces précautions dont, à son propre égard, on redouble souvent. Grâce à cela, il vivait en accord avec lui-même, dans une tonalité qui évitait les extrêmes et s'avérait, pour ses relations, suprêmement accueillante : par sa constance, elle produisait une impression d'aplomb et d'équité. Indéniablement, les conflits de la vie existaient pour lui (et on ne pouvait prétendre que l'existence l'eût gâté), mais il les conjurait en recourant aux vertus d'un heureux naturel qui, au delà du don précieux qu'il constituait, ne laissait pas de dénoter les dispositions d'un projet résolu : être accommodant. On eût dit qu'il était dépourvu de fiel et, quoiqu'il fût capable d'aversion, celle-ci ne possédait jamais, comme chez ce personnage tout en recoins qu'était Iago, une saveur désolée, elle ne manquait jamais de se montrer ouverte et noble, elle acquérait chez lui le caractère d'une expérience plutôt que d'une maladie. En dépit de toutes les vies que je pourrais avoir à traverser, jamais je n'oublierai sa réaction, et l'exclamation qui l'accompagna, une fois que j'eus exécuté mon terrible geste, alors que j'étais sur le point d'être emmené hors de la scène par ceux qui m'entouraient au milieu de la stupeur générale et qui s'avancèrent moins pour me retenir que pour me protéger de quelque péril, et peut-être de moi-même. À cet instant-là surgit Falstaff qui, se trouvant derrière le rideau, ne pouvait comprendre ce qui était arrivé et, dès qu'il eut passé devant l'assistance (qui était debout, traversée d'une rumeur dont les ondes s'entrecoupaient), du regard il parcourut la scène, vit le lit défait sur lequel Valentin gisait inanimé, alla de sa main horrifiée toucher le corps muet et, comme si un moment d'inspiration lui avait laissé entrevoir le sens de mon effroyable dessein, il fit quelques pas vers moi, secoua violemment mes épaules en me disant, de tout son visage altéré et d'une voix où la consternation voilait le chagrin : "Fou, et malheureux fou ! Qu'as-tu fait ? Valentin t'aimait !" Paroles terribles, et douces pourtant, qui m'ont servi de talisman : c'est avec leur résonance dans mes oreilles, leur concrétion de lumière déposée dans le secret de mon âme surprise, que je pense faire front devant l'épouvante de l'au-delà — nanti au moins d'une précieuse particule d'espérance.

Ce fut donc avec Falstaff, dis-je, que j'eus une conversation au sujet d'Olivia. Nous parlâmes de son club, que les noctambules peuvent reconnaître aisément à cause des deux lanternes vertes qui, jusqu'au petit matin, projettent dans les eaux de la Tamise leur appât où l'émeraude se pare de lueurs inquiétantes. Derrière l'élégant tripot, une puissance se dissimule. Il est connu qu'Olivia équipe une escadrille de navires marchands qui, pénétrant dans les vastes étendues de l'océan, commercent avec les Indes : souvent, le nom de brigandage conviendrait mieux à ce commerce. Le faste qu'elle déploie, un tant soit peu sans assise, le confirme assez. C'est un de ces personnages que produisent des époques embrouillées et anarchiques comme la nôtre, pendant lesquelles les tentacules font vivre davantage que les racines. Femme aux charmes indubitables, avec un excès de magnificence et, selon mes conjectures, plus désorganisée que complexe. Falstaff lui attribuait un fond plutôt sentimental dans lequel la cupidité n'avait pas fait de brèche intime et dont il disait pour résumer : il se peut qu'un beau jour sa dissipation l'amène à mendier. Ceux qui réservent leurs blâmes pour ce moment-là ne savent pas que cette banqueroute trouverait ses causes dans l'unique vertu qu'elle possède. Elle fait du négoce par sensualité, mais non pour s'enrichir, et les uns et les autres la volent, la trompent, la trahissent. Pour ce qui concernait Valentin, Falstaff, qui fréquentait également ce milieu (quoique, selon ses dires, il le fît en tant que spectateur), avait l'impression que tout cela n'allait pas plus loin que les effets d'un éblouissement mutuel. Qui sait, me dit-il, si les relations d'Olivia avec Valentin ne seraient point platoniques... Cela paraît risible mais ne l'est pas, commenta-t-il.

Olivia est un être capable d'éprouver pour Valentin une inclination autre que l'attirance simplement érotique dont elle est l'objet de tant de côtés qu'elle ne sait qu'en faire. Nous avons coutume, dit-il, de rechercher ce que nous n'avons pas. Et Falstaff ajouta qu'elle gâtait Valentin avec un mélange de tendresse et d'orgueil évoquant les complaisances d'une mère encore jeune envers un fils qui a trop grandi. Je voulais savoir si, comme Iago, il tenait Valentin pour indolent ou fragile, ce à quoi il répondit indirectement que Valentin était une sorte de créature éclatante qui n'avait pas encore pris possession de soi-même et avait besoin de ces rumeurs favorables et enjôleuses, en raison d'un trait naturel de son caractère qui le poussait à faire de la vie une jubilation perpétuelle. Le fait qu'il s'agisse d'un trait de caractère et pas d'un but est, précisa-t-il, ce qui constitue la nature particulière de son charme, non seulement pour les écervelés comme Olivia, mais aussi pour les êtres réfléchis comme nous — toi et moi — à qui la destinée souffla notre jeunesse et qui sommes nés à moitié vieux, dit-il en riant et en faisant soudain une des moues de Falstaff. Après un silence, il ajouta quelque chose que mes oreilles, je ne sais pourquoi, recueillirent avec un imperceptible frémissement : ''L'ennemi de Valentin est le temps. Ces êtres-là ont coutume de se réaliser pendant l'adolescence, qui est chez les autres une époque de passage ; plus tard, ils peuvent se muer en des espèces d'individus gris, curieusement dilués dans le milieu qui les entoure : lorsque nous les croisons, personne ne parviendrait à soupçonner le magnétisme qu'ils incarnèrent.''

Voilà des nouvelles qui m'indignaient. En réalité, elles me faisaient souffrir mais, du fait qu'on ne ménageait pas à la souffrance son cours normal, elles provoquaient un amoncellement d'électricité qui ne se libérait pas et sous les déprimants effets duquel je vivais ou, plus exactement, je me sentais errer, las, dans un espace vide. De cet état, je sortais uniquement quand, retrouvant des forces, je renouais avec ce qui constituait la cause même de mon tourment, l'investigation (poursuivie comme telle ou fortuite) dans l'existence de Valentin. Et c'est ainsi que je me plongeais, chaque fois davantage, dans mon marasme, victime d'un cercle vicieux dont on ne pouvait me libérer, puisque je venais moi-même, avec la clé de mon obstination, garantir la serrure de son maléfice. Voilà bien ce que je faisais : attiser le feu, le rendre inextinguible. Mais au fond le conflit était autre : je veux dire qu'il existait par lui-même, sans qu'il eût besoin de stimulations, et il m'était de peu d'utilité de pouvoir entendre, à côté des appréciations malveillantes de Iago, celles de Falstaff, moins empoisonnées mais qui ne me tranquillisaient pas davantage — pas même leur part d'anecdote. Qu'est-ce que cela pouvait signifier pour moi de savoir que Iago, dédaigné par Olivia, s'employait à affiler toujours plus, contre un Valentin éclatant, le poignard de son ressentiment ? Frondaison touffue, inutile, qui ne faisait qu'obscurcir la question et, à l'instar de ce qui arrive en forêt, empêchait de découvrir le sentier indispensable à notre passage.

Je vais tâcher de revenir en arrière : quand survint la scène effrayante que j'ai relatée (celle de ce petit matin), des choses que j'achève de raconter je savais déjà beaucoup, et c'est à ces informations quotidiennes, dispensées au compte-gouttes, qui allaient s'accumulant peu à peu, en une superposition fiévreuse de nappes d'attente, de rancœur et de souffrance, que l'on devait ces explosions d'allure atrabilaire, démesurée, qui nous surprennent nous-mêmes : on pourrait croire que nous assistons à l'irruption d'un volcan qui agit au centre de notre être, au plus vif de ce centre mais — et ainsi s'explique l'étrange impression qu'il nous laisse — indépendamment de notre personne ou de ce que nous désignons par ce terme : l'être rationnel. Et de là vient que tout ensemble j'explosais, pleurais et présentais des excuses (tel était bien l'aspect que j'offrais), comme s'il existait en moi un être triple, capable de conjuguer avec extravagance des manifestations aussi différentes. Car je m'excusai, en effet. La partie rationnelle de mon être émergea de ce bouillant chaos et, attendrie par les larmes, elle demanda pardon. Valentin, qui avait, près du seuil de la porte, supporté sans broncher les injures — je ne saurais dire s'il était livide ou s'il avait rougi —, hasarda, lorsqu'il me vit m'effondrer sur ma chaise avec de profonds sanglots, un pas dans ma direction, sans oser davantage. Peu après, je m'excusai comme je pus, invoquant des raisons banales, je dis que je me sentais mal, que je souffrais d'un excès de travail, d'un besoin de repos, d'un dérèglement nerveux de l'organisme, et je justifiai, en ce qui le concernait, certains principes de conduite, lui conseillant la prudence dans sa vie et me risquant à glisser que son avenir ne pouvait me laisser indifférent. Valentin parut acquiescer à tout cela, ou peut-être pensa-t-il, devant mon aspect convulsif, que ce n'était pas le moment de parler ; nous nous tûmes tous les deux et, lorsque je me montrai rasséréné, il prit congé de moi avec une certaine brièveté, comme si nous étions deux inconnus, mais ce ne fut pas sans que son visage laissât découvrir ce qui ressemblait à l'ombre d'une expression préoccupée et affectueuse. Encore que le regarder, et justement sa figure, c'était comme faire naufrage de nouveau. Ainsi, quand il eut disparu, mes larmes redoublèrent et j'adoptai dès ce moment le projet de m'absenter pour quelque temps, en quête d'une tranquillité qui m'attirait et que, simultanément, je repoussais de toutes mes forces. Je notifiai ma décision à mes compagnons, je désignai ceux qui me remplaceraient et, pour les programmes qu'il faudrait présenter pendant mon absence, nous choisîmes dans notre répertoire les œuvres qui rendraient mon éloignement moins ostensible. Comme ils sentaient que j'étais fatigué, ou déprimé plutôt, ils acceptèrent que je prenne ces vacances dont la nécessité leur sautait aux yeux. Quelles qu'aient été nos querelles bien humaines, tous eurent pour moi des égards et c'est à tous qu'en ces ultimes moments j'adresse, avec le souvenir que m'inspire leur camaraderie, l'estime qu'ils méritent. Tous acceptèrent mon départ, y compris Valentin, et son assentiment me blessa, de sorte que m'en aller me fut cruel, au lieu de sembler une libération. Je ne sais si je fis mal, choisissant en guise de refuge le *cottage* maternel. A la place de la paix, je rencontrai là un afflux d'ombres et les souvenirs dont les murs étaient imprégnés se firent pour moi singulièrement lancinants, qui, certaines fois, se présentaient à mon imagination comme une vision bienheureuse et, à d'autres moments, comme un accord plein de suggestions : peu importait, dans ce lieu, sur quel objet, quelle fleur ou quelle perspective se posaient mes yeux. La femme qui veillait sur la maison avec son mari (elle s'occupait de la basse-cour, et lui des semailles) avait disposé dans des vases et des cruches, à la mode de la campagne, bruyères et obiers, elle avait pourvu de bon bois sec la grande cheminée à hotte : il faisait encore froid. Sur l'appui de la fenêtre donnant du côté de la forêt, je trouvai, accrochée par sa main attentive, la cage où sautillait sur les petites barres, comme un vivant épi de blé, le canari que ma mère avait entendu chanter et qui était issu du couple offert à l'humaniste Ludovico Vivès, à titre de nouveauté et d'hommage, par un navigateur portugais, selon ce qu'on m'a raconté. Ils m'avaient accompagné depuis l'enfance, ces gazouillis sans reproches dont aucun autre oiseau ne vainc la virtuosité et que le rossignol seul surpasse, pour ce qui touche au sentiment. Mais, comme je l'ai dit, le cadre des choses qui m'entouraient, le cadre familier de certains états qui avaient été si intensément les miens, dont il ne restait plus que les supports accessoires (murs, meubles, à-côtés, lumière tissant un climat) et qui acquéraient à présent une importance unique et chargée d'affliction, souligna ce qui m'apparut comme une espèce de sensation immédiate et coupable, ce que nous pourrions dénommer le caractère primordial, vital de la fugacité. Car ce que je perçus n'était pas seulement la fugacité, mais ce caractère sous lequel elle se présentait. En ce sens que c'était la vie même qui était entrée dans ma vie pour me déposséder de certains biens que je tenais pour stables (telle était, telle me paraissait être la consistance de leur architecture vivante) mais qui, en raison de cette inexistence par laquelle, à présent, je me sentais entouré, communiquaient à mon séjour un effet spectral. La mort m'avait arraché ma mère, la vie m'avait dépossédé de Valentin, et pour la première fois je sentis dans ma chair l'angoissant coup de griffe d'une problématique que j'avais beau, sur les planches irréelles du théâtre, avoir énoncée tant de fois comme un personnage pathétique, devant les rangées des spectateurs attentifs : c'était maintenant sans que je me sentisse soutenu par la respiration du public, et sans que je fusse aidé par ces petites roues ailées que sont les mots d'une partition poétique, que je me rendais exactement compte — environné par le silence absolu qui régnait et absorbé dans une complète solitude, pris par le chagrin qui surgit dans notre âme quand nous découvrons ces indices atroces — de ce que le destin de l'homme est épouvantable et ne laisse à notre assurance aucune marge de confiance. Durant les matinées, je tâchais de me plonger dans mon travail de recherches sur le théâtre. J'avais amené avec moi mes textes de référence, qui couvraient (avec un certain désordre qui m'est propre mais dont ici je n'abusais pas) une longue table où ils se mélangeaient à des gravures anciennes, lesquelles montraient avec plus ou moins de suggestion des scènes comiques de Plaute, d'élégantes frises de saturnales grecques et même, présentées sur un papier de riz translucide et peintes avec une délicatesse de coloris qui fait penser aux ailes des papillons, les figurines d'un type de mise en scène inconnu de nous : celui qui est présenté dans les théâtres de l'empire chinois. Les rares voyageurs qui nous en parlent le font en des termes où l'incompétence n'exclut pas la surprise, confrontés à un art dont la subtilité, disent-ils, va de pair avec le raffinement. Toutefois l'étude ne faisait elle aussi que favoriser mon obsession et, au lieu de placer entre celle-ci et mon travail un écran, elle les confondait, comme si un démon emmêlait à dessein les fils de l'occupation et ceux de l'obsession, en une maille si serrée qu'il m'était impossible de diriger mon attention vers ce que j'étais en train de faire sans que, pour autant, je puisse cesser de la fixer simultanément sur ce qui me hantait. Je vais dire pourquoi. Au long de la vision rétrospective du théâtre que je m'efforçais de concevoir (et depuis ses origines), j'ai buté sur le thème des garçons-femmes, comme s'il s'agissait d'une floraison inhérente à son essence, c'est-à-dire à l'essence de l'art scénique, fait de représentation et de mimétisme. Mimes : les Romains appelaient ainsi leurs acteurs et, sous les palpitantes étoiles des nuits attiques, face aux gradins de marbre des solennels hémicycles populaires, c'étaient des jeunes hommes, ceux qui, juchés sur leurs cothurnes et couverts des masques silencieux de la tragédie, donnaient leur voix à la vindicative piété d'Electre, à la rébellion sacrée d'Antigone, au coupable amour de Phèdre, en faisant rayonner, dans l'incarnation des héroïnes, non pas une suprême énergie (celle que toute femme eût mise dans la conduite de son rôle) mais, au contraire, une délicatesse plus émouvante — plus émouvante de devoir tellement plus à l'art, tellement moins à la réalité. Si, de l'Antiquité hellénique, je passais à l'analyse des éléments du goût oriental, je voyais là aussi miroiter, sous leurs coiffures d'une extrême complication, les pâles garçons d'Asie qui, comme l'écrivait un voyageur, donnaient le ton de la féminité à la femme elle-même ; un ambassadeur vénitien dans la lointaine Tokyo accorde ainsi une mention particulière à l'un d'eux, dont il dit qu'il éveillait de grandes passions. C'est pour ce motif que l'image de Valentin, conjurée par l'urgence de semblables références, se faufilait au travers de mon ouvrage, s'infiltrant par tous les interstices et diversifiant ses aspects, comme s'il existait en lui quelque chose d'éthéré dont jamais je n'aurais pu me libérer, ni aujourd'hui ni hier, un attachement que je me forçais à ne pas reconnaître et auquel j'ai opposé un effort soutenu, dans une lutte disproportionnée contre mes propres défenses. Ainsi s'expliquait qu'une fois le déjeuner achevé je cherche l'air extérieur et entreprenne de longues et exténuantes promenades ; s'il m'arrivait, pendant celles-ci, de sortir de mon abstraction, c'était pour reconnaître quelque menu détail que toute vie avait désormais abandonné mais qui un jour fut témoin d'une familiarité charmante et d'un feu caché : un bosquet touffu où nous avions coutume de nous reposer et, en plein été, dépliant nos serviettes et ouvrant nos gamelles, de nous étendre sur le gazon en fleurs, tandis qu'à une certaine distance résonnait la clarine de quelques vaches paisibles qui semblaient être là, dans la vaste solitude des champs, pour nous accompagner sans dénaturer le silence. D'autres fois, c'était ma mère qui nous préparait une collation dans cette grande pièce où était la cheminée, quand nous remontions avec nos raquettes, en nage après l'exercice ; lorsque le temps frissonnait pour la première fois, prenant déjà congé de la saison, nous buvions un vin d'or, sec et fort, ce xérès que cultivent dans le midi de l'Espagne des hommes à demi africains, au cœur violent et aux manières voluptueuses, ou bien c'étaient les tasses de thé fumant près de notre échiquier, pendant ces crépuscules où la chaleur humaine, le charme de la vie commune et le confort matériel font de notre voyage sur la terre un éden éphémère, si simple en apparence, et auquel il a fallu cependant, pour produire son accord heureux, le parfait assemblage de tant de facteurs dispersés. Rien donc n'était pour moi exempt d'images qui me torturaient et rendaient ce séjour incompatible avec ma tranquillité. Dante dit à cet égard :

Nessun maggior dolore
che ricordarsi del tempo felice
nella miseria.

Une nuit que, me trouvant dans cette disposition, j'étais assis devant la cheminée, je me perdis dans la contemplation de la flamme changeante qu'enveloppait sa propre rumeur et, comme je gardais cette immobilité soucieuse en laquelle je m'absorbais, le monde m'apparut comme une agglutination de gens se bousculant les uns les autres en quête du plaisir, allant et venant au cœur de ces antres qui passent pour l'abriter et qui le dénudent plutôt, de déchirante façon : taudis plébéiens et élégantes maisons de jeu où la pègre et le haut lignage sont au coude à coude, où, à la lueur complice de quelques désirs partagés, le truand et le gentilhomme boivent dans le même verre la même saveur insatisfaite. Monde dans lequel rien ne se gagne ni ne se perd, mais qui mêle tout, ronge tout : affaires, prestige, beauté, célébrité. Tourbillon de noms fameux qui se dégradent et de noms inconnus qui montent comme des bulles à la surface trouble de la mondanité : les notables de la Jarretière et les compagnons itinérants de Drake. Pareilles à des fleurs perdues, les femmes circulaient parmi les groupes, faciles et provocantes ; elles ondulaient du regard et des hanches, montrant à demi, dans l'échancrure de leur corsage, des seins qui avaient l'attrait de beaux fruits, et faisant en sorte de se disputer entre elles, comme si elles voulaient se venger de leur exhibition même sur toute cette faune virile qui boit, parie et joue, livrée à l'unique souci — inextinguible — de se répandre hors de soi. Dans un milieu aussi disparate tiennent aussi leur place le poète, l'acteur, le danseur, qui, partant d'une naissance obscure, parviennent à exhiber l'éclat de leur talent ou de leur visage à la foire où s'abîment les vanités ou le vice. Certains disparaissent et d'autres arrivent — le réservoir est inépuisable — portés par la puissance triomphale de la mode, de l'âge ou d'une chance téméraire et, quand leur ascension s'expose à la devanture, ils portent témoignage de leurs faiblesses. Monde orageux, multiforme et ambigu, abîme marin dans lequel tous font naufrage sans que personne leur tende une main amie, un frisson d'excitation parcourant l'indifférence générale. J'y voyais encore, ainsi qu'un numéro de plus parmi les nouveautés de service, Valentin entrer dans le courant, se laisser porter par lui, au milieu des houles de la vie, dont toute la profusion ne parvenait pas à l'arracher à moi, hélas! Pour faire pendant à cette vision à laquelle le crépitement des flammes donnait un éclat fantastique, d'aspect infernal et presque subjugueur, intervint alors un de ces changements de décor procédant par superposition dont notre imagination regorge : sans qu'il y ait ni rupture ni liaison avec les scènes antérieures, elle tire cependant de ses entrailles (pour m'exprimer grossièrement) un thème qui est en étroite relation avec elles, quoiqu'opposé — et je me reconnus moi-même, de plus en plus replié dans ma solitude, comme si s'étaient relevés derrière moi les ponts d'un château qui n'était pas moins vulnérable pour autant. Et cela, ce n'était plus un sentiment que j'éprouvais, mais une vision qui continuait de se manifester. La solitude ne me pesait pas, mais, fréquemment, elle me blessait. Et, par ailleurs, elle ne revêtait pas l'apparence de la solitude. Le théâtre qu'il fallait animer et maintenir, les répétitions, les représentations, les centaines de petits détails — ce délicat mécanisme qui, d'une certaine manière, le constituait — me faisaient vivre dans une activité permanente qui exigeait qu'il y eût du monde, à laquelle il fallait la présence des autres, leur collaboration, leur apport, leur volubilité ; ma journée était remplie. Mais, dans les coulisses d'une agitation si voyante, la solitude se dissimulait, elle était là à me guetter, parfois maussade et parfois résignée. Il n'importait pas que Valentin continuât de faire partie de la routine des représentations, dans laquelle nous sommes tous engagés avec une dose fort variable d'agrément et d'aigreur : son éclat n'annulait plus la présence de la solitude, car il avait cessé d'être pour moi une clarté enveloppante qui me transformait, pour se convertir en une lumière étrangère, détachée de moi, et qui faisait ressortir d'autant plus violemment, par contraste avec son soleil heureux, l'ombre où était plongé mon cadran. Avant Valentin, peut-être cette solitude se trouvait-elle déjà dans la pénombre, à l'instar d'une divinité tutélaire, quoiqu'elle se contentât encore d'attendre son heure, assise là. A cet égard, je me souviens qu'il y eut dans mon enfance de balbutiants présages. Mais elle n'avait pas encore levé le voile qui cachait sa figure. Et Valentin, par sa seule et lumineuse présence, l'avait bannie de mes confins. Ceux qui s'approchaient de moi durant ces quatre années dénuées de toute pesanteur devaient me considérer comme intouchable ; ainsi en va-t-il de ceux qui, pour des raisons qui nous échappent, paraissent libérés — toujours pour peu de temps ! — du sort qui les attend et se complaît, dirait-on, à concéder cette trêve pour arriver à ses fins. Lorsqu'ensuite nous renouons avec notre destin véritable, nous sommes plus désarmés que jamais face à lui, du fait que nous avons épuisé nos forces à vouloir nous approprier de vaines espérances.

Mais il y avait quelque chose qui n'était plus une vision, une projection spectrale de l'idée que je me faisais du monde et de ma solitude au cœur de celui-ci, celle d'un être qui se sent exclu du monde — quelque chose qui, à l'étonnement, joignait la honte et, à la détresse, la mortification. Oui, la honte d'être moi, de ce que j'avais découvert en moi. De ce caractère double, de cette duplicité. Je me réfère ici à la terrible scène que j'eus avec Valentin. Jusqu'à ce jour-là, je passais pour un être sensé, constant, bienveillant, équilibré, un être de bonté, et c'est ainsi que, moi aussi, je me voyais. Ma façon d'agir, ainsi que ce qu'attestait le jugement des autres en étaient la confirmation. Mes quinze dernières années représentaient tout un parcours dont j'avais vécu les étapes : les autres l'appréciaient et il me définissait. La pitié ou, à l'occasion, le blâme que m'inspiraient les excès d'autrui étaient la meilleure preuve de l'intime assurance sur laquelle reposait mon sentiment et, aux yeux de ceux qui me connaissaient, ils témoignaient visiblement de ma force ou, en tout cas, de la manière dont se manifestait ma bonté foncière. Et je m'étais accoutumé à vivre dans la chaude euphorie suscitée par ces qualités qu'on m'attribuait, faisant d'elles ma marque : certainement, je m'y fortifiais et m'y perfectionnais, mais contre la vérité et sans appui. Il en résultait que toute ma vie, cette vie qu'on pouvait donc trouver tellement hors du commun, qui semblait avoir parcouru son chemin d'épines sans en avoir rencontré, marchant sur un sentier débroussaillé où les arbustes du talus me laissaient voir seulement les roses opulentes, non point les piquants que pourtant elles cachaient, était un mensonge, une fiction. Cela, je me le suis répété nuit et jour par la suite, me sentant réduit à néant après la crise exténuante que provoqua la scène. Quand surgit du dedans de moi, comme un jet brûlant que soulevait son élan propre, un être qui n'était pas moi, pas mon être habituel, et qui — comme il arrive avec ces tempêtes soudaines qui perturbent tout, frappant, déchirant, humiliant — m'obligea à reconnaître non plus seulement l'impuissance de ce qu'en mon for intérieur j'avais cru être, mais son inexistence même, sa nullité, et quand je m'avisai, pis encore, que cette nullité, au sein du bouleversement, n'avait pas perdu la conscience d'elle-même, et donc de son absence de toute valeur, faisant songer à un enfant plein d'effroi devant les cris d'un adulte furieux. C'est à partir de ce moment que je me sentis abandonné et (je l'ai dit) anéanti : abandonné par mon moi antérieur ; j'avais cru en lui, son esprit m'avait fait vivre heureusement, en homme de bien, mais à présent que je l'avais associé à sa détestable contrepartie, je voulais me séparer de lui, dans un déchirement cruel, parce que cet être haïssable et furibond dont j'avais découvert la véritable substance n'était rien d'autre que moi et, tout bien considéré, mon unique moi. Se pouvait-il que je fusse cela, moi ? Et les autres auraient-ils pu me reconnaître en lui, eux qui avaient, jour après jour, année après année, contribué avec moi à forger la légende de ma douceur, de mon égalité d'humeur, de ma pondération ? Ceux-là mêmes qui avaient tiré profit de mes relations avec eux, des vertus émanant de cet être sombre qui constituait la base de ma personnalité et l'objet de leur confiance ? Non. S'ils eussent assisté à la scène, la dispute en elle-même les aurait d'abord horrifiés, mais surtout le fait que j'en étais le protagoniste, en raison de ce que je leur découvrais là de l'essentiel de mon être, à cause aussi de l'état chancelant dans lequel toutes choses se trouvaient désormais, comme quand on contemple (sans solution de continuité et en y voyant les effets d'un maléfice) les rugissements de feu que commence à vomir une paisible colline — pour recourir à l'image qui est déjà venue sous ma plume. Bref, j'avais senti la méchanceté se couler dans mes entrailles. Et, pour la première fois de ma vie, j'éprouvai de l'aversion envers moi-même. On aurait pu croire que l'idole que j'étais à mes propres yeux se révélait soudain rongée par les vers. Une répulsion instinctive me contraignait à détourner le regard de cette corrosion qui se développait, et à l'envahissement de laquelle je ne pouvais me soustraire, vitalement parlant, parce qu'il s'agissait (et c'était là ce que le cas tenait de véritablement effrayant) de moi-même, d'une gestation qui m'appartenait en propre, d'une décomposition touchant à ma substance. Je ne parle pas pour ne rien dire, je n'ai pas pour dessein de rendre un tribut au naturel désir d'exhibition dont l'homme est fréquemment atteint ; je témoigne, telle est ma démarche, de quelques faits me paraissant dignes d'être proposés à la connaissance et au jugement, dégagés de leur trame, dirais-je, et plus encore exposés au grand jour de la conscience suprême, celle qui magnifie. Si je ne pensais pas ainsi, je ne saignerais pas maintenant, sous mon apparente froideur, alors que je présente tout mon être convulsé au sévère jugement d'autrui.

A sa sévérité, mais également à sa magnanimité. Bien que je sache que la première peut être obtenue à plus bas prix.

Ainsi, que l'on comprenne ma situation, et on sera en état de me suivre, car c'est là ce qui me pousse à rédiger ces pages moi-même : y suivre la piste qui pourra amener à me saisir. C'est ainsi que je découvre ce qu'a de symptomatique la fantaisie qui me prit à cette époque, quand je retournai au *Silver's plough*, mettant fin à un effort de ressaisissement qui s'avérait manqué : je voulus monter une tragédie qui m'avait toujours inspiré de la répugnance, mais qui, lorsque je l'eus relue sur ces entrefaites, m'attira d'une manière que je ne saurais qualifier autrement que de maladive, celle de Richard III. Me montrer contrefait, doté d'un physique qui se révélait comme le mode le plus adéquat d'enfermer une âme ténébreuse, constitua pour moi une tentation. Et, avec cette morbidité pour stimulant, je triomphai. Je veux dire que j'obtins, par rapport à l'accueil de mes autres interprétations, un retentissement sinon supérieur, à tout le moins neuf. Il y eut pour parler de moi un de ces regains de notoriété qui font sur l'existence de l'acteur l'effet reverdissant des pluies printanières. Mais l'aspect surprenant (de ces surprises que la vie nous réserve au coin de ses voies) était que les félicitations me parvinssent au travers d'une essence morale aussi haïssable que l'était pour moi celle du roi que j'incarnais, et à cause d'elle. Les paroles liminaires de ce monarque m'avaient toujours donné un frisson, mais je les prononçais maintenant comme si elles m'appartenaient, revêtu d'un costume qui avait cessé d'être un déguisement ; elles commençaient ainsi : "A présent, l'hiver de notre déplaisir s'est vu transformer en un glorieux été, par ce soleil d'York..." Ensuite, elles exsudent une des confessions les plus navrantes qu'aucun personnage ait jamais faite sur les motifs qui le poussent à agir et à vivre : "Mais moi qui n'ai pas été formé pour ces polissonneries, ni pour faire les yeux doux devant un miroir amoureux : moi qui suis grossièrement bâti et dépourvu de la majesté de l'amour, celui qui s'autorise à se pavaner devant une nymphe libertine ; moi qui ai été privé de l'harmonieuse proportion, dépourvu du moindre attrait par la Nature méchante ; difforme, né avant terme, envoyé avant le temps normal dans ce monde qui tressaille, à moitié fini — et d'une manière si imparfaite, si éloignée des canons, que les chiens m'accueillent par des aboiements quand je m'arrête devant eux ; dans cette époque sans nerf et dans la mollesse de cette paix, je n'ai d'autre plaisir pour passer le temps que d'épier mon ombre au soleil et de faire des considérations sur ma propre difformité. Aussi, puisque je ne peux me montrer sous l'aspect d'un amant pour divertir ces jours voués à la galanterie, j'ai résolu d'agir comme un scélérat et de haïr les frivoles plaisirs de ces temps.'' * Jusqu'alors, j'avais constaté ces raisons sans être capable de les partager, de la même façon qu'on assiste au spectacle du déshonneur ou de la misère : ces existences nous sont étrangères et nous en détournons le regard, du fait qu'elles nous paraissent insupportables. Ces raisons, il me semblait à présent les saisir depuis l'intérieur et, par un sentiment de pitié le disputant à une antipathie résolue, elles me rapprochèrent (encore qu'il m'en coûte de le déclarer) de celui qui les prononçait avec une délectation mauvaise, indéniablement, mais en nous faisant pressentir par là même de quelle plaie douloureuse elles venaient. Et ce fut cette considération qui me rendit le personnage plus proche : j'éprouvais de la répulsion, sans doute, mais en même temps je ne pouvais me défaire de la certitude qu'il souffrait. Cela faisait songer à un frère qu'on déteste tout en sentant qu'on partage la même filiation. Force est de reconnaître que je n'ai pas, à son instar, cherché au dernier moment à m'enfuir de mon ''royaume'' ; quand le jour fut arrivé, je me suis précipité dans ses profondeurs, risquant le tout pour le tout.

Voilà bien ce que je fis, en effet. Le temps vole — hors de la cellule où je suis, il doit

* Shakespeare, *Richard III*, acte I, scène I. (N.d.T.)

voler — mais ici, et dans mon âme, son poids est lourd. Je me sépare de ma guenille, mais il me reste, une fois détaché d'elle, le poids de ma gravitation d'homme. C'est dans cet espace et sous ses lois que s'accomplirent les faits que je m'efforce de fixer pour toujours. Faits épouvantables (pourrait-on le nier ?), qui sont à ma charge et comportent une sanction criminelle que non seulement je n'élude pas, mais que je déclare mériter ; toutefois, c'est dans leur lumière tourmentée que j'ai deviné, d'une manière vraiment foudroyante, le sens caché de ce qui me regarde et de ce qui me revient, connu une sorte de vision d'autres raisons et d'autres causes, que la vie de chacun renferme en soi, c'est-à-dire ses motivations authentiques. Il se peut que cela ne concerne pas une vie qui appartient au monde des relations humaines telles qu'on les entend, mais plutôt ''autre chose'', qui ne se révèle pas moins humain mais sûrement moins conventionnel, moins limité, surtout moins évasif et évanescent. Comment me faire comprendre ? Il m'a fallu être le héros d'une situation infortunée — infortunée ou impénétrable ? —, le héros d'une situation bloquée et impulsive, il a fallu que je l'endure pour en arriver au résultat de lui avoir arraché son secret, comme on enlève à la mine une veine intacte. Comment communiquer aux autres, rendus froids et distants par le quotidien de leurs existences, ce qui s'octroie uniquement, pour le récompenser ou pour le châtier, à celui qui traverse le mur des flammes crépitantes et s'expose à un embrasement mortel, en essayant de faire sienne (ce qui revient à un échec total, ou à une apothéose) la nature du mystère suprême : l'Amour ? Comment cela ? Et pourtant je sens le caractère impérieux de cette communication, comme si je me trouvais sous la dictée d'un personnage fabuleux, présent en moi, et dont je ne sais si ce qu'il a fait n'a pas été de m'utiliser pour en arriver à ses fins. Je lui obéis donc, en adaptant sa dictée aux formules les plus accessibles à l'entendement humain, avant d'aborder le dénouement de mon récit, que j'essayerai de rendre bref, comme on ferait s'il s'agissait d'une potion médicamenteuse avalée en hâte et non sans nausées.

L'Amour, ai-je dit. On va voir pourquoi. Quand j'ai remarqué, ainsi que je l'ai conté il n'y a pas longtemps, que le mal habitait en moi, telle fut, de toutes les découvertes, celle qui me toucha le plus, me fut la plus désagréable. C'était la découverte de l'attraction profonde qu'exerçait sur moi Valentin — celle de mon égarement ? Et, m'apparaissant comme un jaillissement intempestif de ce sentiment dont je prenais conscience, la découverte de ma méchanceté, plus dissimulée. A un moment donné, les deux ne formèrent plus qu'une même entité régnant sur mon esprit et qui me ravageait autant qu'elle me prenait au dépourvu. Mais soudain, cette sensation dans laquelle l'infamant le disputait au visqueux se détacha de mon être, ou, pour parler plus précisément, elle se projeta hors de moi, me déchargeant de son poids et me réduisant, quand elle m'abandonna, à mon rôle de victime, désespéré mais moins abject. J'avais cessé d'être la méchanceté, j'étais la victime. La méchanceté était dévolue à Valentin qui, à son tour, avait subi une métamorphose et, de créature séraphique, s'était transformé impromptu en incarnation infernale : d'ange en démon. C'est en de semblables avatars qu'il convient de situer la cause réelle, objective pour ainsi dire, de mon crime : ils sont le décor qui lui convient. Puisqu'il n'y avait rien d'étonnant, comme j'avais repéré l'objet de mon mal, à ce que je m'efforce de le neutraliser par le procédé le plus expéditif, en me défaisant de lui. C'est-à-dire en recouvrant tout d'un coup, par l'annihilation du péril — mortel péril — qui me guettait, ma liberté ancienne, ma transparence perdue, ma sérénité perturbée. J'œuvrais donc à mon corps défendant, mais la haine m'inspirait. Car je haïssais le mal, le mal qu'il y avait en moi et que je transposais hors de moi, à la manière, sans doute, d'une tentative de libération angoissée. Cela dura jusqu'au moment de mon crime. A partir d'alors, et même avant, tandis que je l'exécutais, il se produisit une nouvelle transformation, de caractère merveilleux cette fois : la haine qui m'avait amené à tuer se convertit en amour. J'éprouvai la sensation que, dans une chambre à l'atmosphère lugubre et confinée, des fenêtres magnifiques s'étaient ouvertes comme par enchantement à l'azur matinal et un air de printemps remplit en quelques secondes mes poumons, produisant une rumeur délicieuse où pouvait se deviner quelque chose que les mots traduiraient ainsi : ''Il est ressuscité ! Il est ressuscité !'' — puisqu'il faut bien trouver une manière de l'exprimer. ''Ressuscité ?'' Qui, ou quoi ? Les ténèbres avaient ouvert la voie à la clarté et, devenant transparent, je sentis que tout mon être était engagé dans un mouvement de dépassement, que je me transcendais. Non, je n'avais pas haï, j'avais aimé : voilà la vérité. D'être ainsi, d'avoir de mon état une pleine conscience, je me transfigurai et — comme cette déclaration va déconcerter ! —, penché sur la dépouille de l'être adoré et maintenant inanimé, un ineffable sourire de contentement se répandit dans mon âme. Il en fut ainsi. J'avais détruit une présence, par incapacité de lui résister ; la destruction fut, au plus haut point, un acte amoureux, si effroyable que nous apparaisse le fait. En détruisant Valentin, je l'ai garanti. Ce que je voulais atteindre par ce geste, c'était de neutraliser la vie, l'éterniser, veux-je dire, éterniser le périssable, l'être qui s'acheminait vers la dissolution. Sauver Valentin — c'est de lui qu'il s'agissait — des dangers qui le menaçaient, la promiscuité et la ruine intérieure. Lesquelles s'employaient, comme deux brigands invisibles, à lui voler, minute après minute et pétale après pétale, les roses éclatantes de ses joues et les sombres violettes de ses yeux. Il fallait couper court à la spoliation sacrilège de ses charmes — et de mon jardin. Quant à moi, c'était comme si, au lieu d'une mort, ou à travers elle, c'était une appropriation intime que j'avais obtenue ; je suis dépossédé de l'espérance mais, pareil à n'importe quel homme, je désire avidement trouver pour finir, perdu dans l'immensité, un atome de certitude, une chose qui puisse m'apparaître comme solide. Dans ce but, j'aspire à l'exécution d'une sentence qui me revient, et je la réclame ; sans elle, ni mes pas ni mon âme, enfoncée dans ses abîmes — hélas ! — ne parviendraient à sauver leur assurance définitive : le sol qui, sous eux, ne se dérobera pas.

C'était là ce que je devais dire, ce que je crois avoir compris moi-même, partant des ténèbres qui m'ont nourri. Tout cela, il fallait le dire mais ce n'est pas ce qui sautait aux yeux. Les faits, eux, se présentèrent comme suit. Voici une quinzaine de jours, nous fûmes invités au Northamptonshire, pour le tricentenaire de l'élévation du château ducal au milieu de ses prés. La contrée tout entière présentait un aspect pavoisé, comme un tribut de fidélité (dont il se pouvait qu'il fût plus pompeux qu'authentique) à ses seigneurs immémoriaux. Nos amphitryons, lord Walter, duc de W., et sa petite-fille, lady Cecilia W., nous avaient demandé, en déployant toutes les grâces qui leur étaient naturelles, que nous représentions devant leurs invités *Othello*, la tragédie du More de Venise. Couple typique d'une noblesse épuisée, le vieillard et la jeune fille, que sépare tristement le vide laissé par la génération intermédiaire, composent un tableau empreint, au milieu de sa silencieuse opulence, de mélancolie. Propriétaires de forêts, possédant une multitude de troupeaux, ils ne peuvent cerner l'étendue de leur richesse, car celle-ci, à force de dépasser ses limites, finit par les estomper, et cet heureux oubli engendre chez eux, dans leur commerce et dans leurs façons, une sorte de simplicité fort vantée. Nous les connaissions depuis le jour où le munificent comte d'Essex — que Dieu ait son âme — vint une nuit à notre théâtre (auquel il avait coutume de rendre de fréquentes visites pendant ses rares séjours à Londres), amenant avec lui les W., qui s'intéressèrent à nous ; comme cela arrive souvent dans nos métiers d'artistes, nous nous vîmes traiter avec des égards que l'aristocratie ne témoigne jamais au bourgeois. Pour eux, nous étions le peuple : si nous ne le représentions pas à l'état pur, nous devions bien le privilège de notre situation à certains talents gratuits, de ceux qui ne s'achètent nulle part, pas plus qu'ils ne sont le résultat d'une probe occupation marchande. Il faut chercher dans cette gratuité qui nous est propre la cause de leur sympathie : sans pouvoir en aucune façon être une affinité de caste, celle-ci est, sous une certaine perspective, une sympathie de "classe". En ce sens que nous sommes pour ainsi dire, et eux avec nous, des êtres superflus. Le duc Walter se reposait pour l'heure des complications de sa vie de courtisan et, d'après ce qu'il me conta une nuit, il venait au théâtre pour écouter d'une oreille attentive la sentence qui tombait de nos lèvres et qui, sur tant d'aspects de l'existence, se rapportait à lui : pour chercher, me précisa-t-il, une espèce de jugement dernier par anticipation. Il s'était trouvé dans sa jeunesse aux côtés d'Henry Tudor et il avait donc été enclin à chercher ce qui nourrissait sa conduite en dehors du cadre strict de l'Eglise, qui venait de connaître un effondrement. Tout, en revanche, laissait supposer que le théâtre et notre milieu représentaient pour lady Cecilia quelque chose de différent et, dans l'enthousiasme impatient que les puissants de ce monde consacrent à acquérir tout ce qui parvient à les délivrer de l'ennui auquel ils sont condamnés, elle se rallia à cette distraction avec la même turbulence qui la faisait galoper à travers ses domaines — car que pouvait-elle faire d'autre ? Un petit mouvement volontaire qui était le noyau de son être l'entraînait à l'expansion. Mais en outre lady Cecilia (telle est la raison pour laquelle son nom figure au premier plan dans le nœud de mon récit) remarqua Valentin et alla directement vers lui, avec hardiesse évidemment, mais d'une manière moins consciente, toutefois, que je ne me fusse autorisé à le soupçonner. Elle aussi, veux-je dire, est tombée dans des rets qui apparaissent dotés d'un pouvoir autonome et que leur possesseur n'emploie pas toujours volontairement. Rien d'ailleurs n'aurait dû me sembler plus compréhensible que cette attirance, mais hélas ! la compréhension est un acte intellectuel et, de ce fait, partiel ; les vastes et sauvages étendues de notre nature restent en dehors de son domaine ; et elles ne sont pas les seules à demeurer là, il s'y trouve aussi cette part indéchiffrable de notre esprit qui — si elle reconnaît comme moteur notre frémissement naturel et accueille parfois en enfant obéissant les normes que l'intellect nous engage à suivre — possède son champ propre et nous échappe pour fuir vers son but, d'un vol si impérieux qu'il finit par entraîner ce qu'il y a en nous de physique aussi bien que notre part psychique. Valentin, près de la jeune fille, se mua en professeur de déclamation et le couple délicieusement assorti qu'ils formaient finit par devenir en son temps, avec ce caractère imprévu qui constitue un apanage du hasard, la cible de mon délire et le ressort qui fit jaillir et dévaler jusqu'à moi, comme une nécessité à laquelle on ne saurait chercher d'excuse, le surgissement halluciné que fut ma décision définitive. Quand, ainsi que je l'ai dit, nous fûmes arrivés sur les terres du domaine ducal, nous pûmes entendre dès les premières heures du matin la rumeur, tout ensemble calme et fébrile, des préparatifs de la chasse qui montait jusqu'à nos chambres ; plus tard, ce furent les sons stridents du cor lointain, présage de mort. Nous avions installé la scène sur un des côtés d'une longue salle en ogive qui, à l'extérieur, était entièrement drapée dans un manteau de lierre et, lorsque nous descendîmes sur l'esplanade où des toiles étaient tendues au-dessus des tables qu'on préparait pour le repas, Iago m'emmena à peu de distance de là, me faisant pénétrer dans un bosquet si touffu qu'il fallait écarter les branches pour y avancer : c'est de là que je vis à un moment donné, au centre d'une clairière qui surplombait un versant, lady Cecilia et Valentin se découpant sur le ciel d'azur où flottaient, s'enfuyaient quelques nuages lustrés et lumineux. Ils paraissaient plongés dans un silence éloquent tandis qu'à côté d'eux, les deux chevaux remuaient de temps à autre leurs têtes fines et que leurs naseaux palpitaient, dans une attitude qui eût pu faire penser à des sentinelles. Je ne fis aucun commentaire avec Iago, qui dut me voir pâlir ; toutefois, de mes jambes n'a point encore disparu le contrecoup de ce tremblement qu'il m'a fallu endurer et surmonter alors que je faisais les pas résolus qui, le temps d'un éclair irrépressible, m'ont amené jusqu'ici.

La représentation, disais-je, devait avoir lieu dans une salle qui pouvait accueillir quelque quatre cents spectateurs ; plus longue que large, elle avait gardé la svelte succession d'arcs de son plafond voûté. De grands flambeaux étaient fixés aux murs par de puissants anneaux de fer forgé. Dans des fauteuils, sur des tabourets et des banquettes placés de face, tout comme sur d'étroits bancs d'église rangés en ligne contre les murs, allait s'asseoir un public d'invités composé de grands noms de la cour, d'autorités de la région et de quelques personnes chanceuses, soit qu'elles occupaient au château des emplois héréditaires, soit qu'il s'agissait de fournisseurs accrédités auprès de la maison ducale ; parmi tous ces sièges on distinguait, dans le milieu des premières rangées, quelques fauteuils d'apparat destinés au duc, à sa petite-fille et au doyen de Westminster, venu pour célébrer un office solennel et qui ne se déroba pas au spectacle, contrairement à ce qu'il avait fait pour la chasse. Pour le plateau, on avait construit une estrade de faible hauteur qui nous surélevait d'à peu près quatre-vingts centimètres par rapport au public. C'est uniquement en ces occasions — il en est de même quand nous jouons à Windsor — que nous faisons usage d'une scène pourvue de châssis. La représentation prend alors l'aspect d'un tableau qu'on ne peut contempler que de face, avec ses lois de perspective et son relief, mais sans que le public soit disposé autour de nous (ainsi que cela se produit en nos théâtres) et nous laisse au cœur des lignes concentriques de son eau vive, comme sur un îlot où nous jouons vus de face et de biais et, par conséquent, dépourvus de toute toile de fond qui nous permette de nous détacher, n'ayant derrière nous qu'un espace nu. Ce dernier soir où je fus présent et durant lequel ma carrière d'acteur allait prendre fin par un geste qui dépassait l'entendement, tout fut arrangé d'une façon singulière et nos voix, sous la voûte, résonnèrent avec un noir écho qui les amplifiait sans rien enlever de leur netteté de diction ; le public ne se départit pas d'une disposition peu commune, attentive et réfléchie, et on peut vraiment dire qu'au-dessus des têtes, on aurait entendu voler une mouche. Poussé par les circonstances spéciales — exaspérées, ainsi que je n'hésite pas à les qualifier — qui ressurgissaient en moi avec plus d'ardeur, ce fut moi qui imprimai au développement de l'œuvre cette tournure passionnée, laquelle, d'une scène à l'autre, devint peu à peu terrifiante, comme si ce que nous étions en train de représenter s'était soudain mué en un événement sans égal, vivant et inéluctable. Tous les comparses me suivirent, entraînés par l'irrésistible aimant qu'émettaient mes paroles ; comme, simultanément, au rythme de l'aide qu'ils m'apportaient, j'acquérais fougue et abattage, nous dûmes donner l'impression de quelque chose d'insolite, courant à sa perte tandis que le monde pris au dépourvu — et tout ensemble extasié, il est vrai — contemplait les insupportables péripéties d'une action malheureuse. A mon sujet, je vais narrer les événements qui survinrent et qui semblaient expliquer l'origine d'un élan qui renversa tout et ne laissa debout, quand la fulguration de la flamme exterminatrice se fut apaisée, que l'invisible lucidité de la conscience. Voici donc :

Quand nous fûmes appelés en scène, je pus voir de l'intérieur le début du drame et le travail que d'emblée Iago menait contre moi, visant mon cœur. Les paroles par lesquelles il excite le ressentiment de Rodrigo me frappèrent : "Acharnez-vous contre le More, empoisonnez sa joie, claironnez son nom par les rues, mettez en feu les parents et, quoiqu'il habite sous un climat fécond, harcelez-le de mouches." * Le More, c'était moi. Et, dès ce moment, je me sentis visé d'une façon si directe que la représentation, pouvait-on dire, acquit subitement une portée personnelle : il s'agissait de la défense de ma vie elle-même. La défense de ma singularité, de mon infortune. La phrase "et, quoiqu'il habite sous un climat fécond, harcelez-le de mouches" sonna comme un clairon qui faisait se dresser mes recours. Contre qui ? Contre le monde qui s'était concerté

* Shakespeare, *Othello*, acte I, scène I. (N.d.T.)

face à moi. Je fis mienne la cause d'Othello parce qu'elle camouflait mon mobile légitime, et aussi du fait que j'incarnais le personnage, mais Othello se transforma en moi-même, son action se renforça du sang de mes propres justifications et elle acquit pour cela une violence naturelle qui m'eut pour témoin de ses frémissements. Pas de simulacre, mais une expérience vécue. Mon jeu se chargea d'une tension extrême, téméraire, dans laquelle je sentais que le destin de mon corps tout entier était engagé. Nous nous trouvions au moment où Valentin, avec sa suite, entre en scène pour la première fois, vêtu d'un fastueux brocart bleu dont le froissement accompagnait ses pas. Je compris que cette apparition inoubliable m'appartenait et dans mon cœur retentirent, comme la musique d'un triomphe auquel on a droit, ces paroles que, devant une assemblée solennelle, ose impétueusement prononcer contre vents et marées l'innocence amoureuse. Valentin disait : ''Que j'ai assez aimé le More pour vivre avec lui, la violence de ma conduite et la désobéissance à ma destinée le proclament au monde... Laissez-moi partir avec lui.'' * Oh ! plaisir indicible du même souvenir navrant ! Je quittai les planches pareil à une coupe dont le vin déborde à flots, incroyablement heureux, et ce furent là les ultimes instants où je célébrais mes noces avec la vie, nos dernières noces. Pour nous habiller, nous

* Shakespeare, *Othello*, acte I, scène III. (N.d.T.)

partagions une salle aux parois de laquelle on avait accroché plusieurs miroirs ; dans la cheminée brûlaient d'épaisses bûches qui nous illuminaient. Les compagnons firent cercle autour de moi : ''Bravo pour Othello ! Tu es extraordinaire !'' L'un ajouta : ''On te voit l'âme !'' C'est de cette façon que le travail réconforte. Moi qu'enveloppait l'émanation qui se dégageait de mon trouble même, c'est à peine si je les entendais. Me tournant vers Valentin, je lui indiquai le coin qui était le sien ; là, comme il se disposait à changer de costume, retirant sa jupe par la tête et faisant songer ainsi au verticille d'une grande corolle, je lui dis : ''Ce bleu m'a remis en mémoire la gentiane que nous avions vue sur le versant des Alpes. Est-ce que tu t'en souviens ?'' Il y avait déjà quelque temps que, dans mes rapports avec Valentin, je n'usais plus d'un ton semblable. De loin, il m'adressa un regard de connivence, dans lequel on remarquait pourtant l'ombre d'un étonnement. Il finit par sourire à la façon qui était la sienne, si particulière et sans laquelle le monde perdait pour moi sa raison d'être. Quand il fut en costume, il vint s'asseoir à côté de moi, sans sa perruque qu'en dehors de la scène il n'avait pas l'habitude de conserver. Nous parlâmes de la représentation ; Valentin la qualifia de mémorable et me demanda si j'étais content. Il est bien vrai que nous l'avions commencée avec un grand élan, lui dis-je, mais, si nous voulions la faire arriver à bon port, il nous restait à affronter le plus difficile de la traversée. (A bon port !) ''Nous y parviendrons. Je remarque dans l'atmosphère une tension chargée de promesses'', assura Valentin — ou ce fut du moins le sens de ses paroles. Nous parlâmes comme s'il n'eût pas existé entre nous d'autre obstacle que l'air léger. Sentir ainsi qu'on se trouve, non pas en compagnie d'un autre ou seul avec soi-même, mais dans le havre d'un accord où aucune fêlure n'est possible, où employer le mot ''notre'' ce n'est pas indiquer la trace de quelque matérialité que ce soit, mais partager, l'âme confiante, une même substance, une même espérance, vivre à l'unisson. Ce furent les courts instants d'une réconciliation inespérée — et illusoire, hélas ! Aussi ai-je plaisir à me les rappeler : ils furent, comme j'ai dit, les derniers moments pendant lesquels, en approchant de mes lèvres son exaltante saveur, la beauté de la vie parvint à adoucir les accords de mon cœur plein de ressentiment. C'est dans cette disposition que nous revînmes en scène. Nous avions débarqué à Chypre, dans l'île fleurie qui — caillou au milieu de la mer — constituait une frontière vulnérable entre la République vénitienne et les dangers de la côte orientale. Néanmoins c'était pour moi le siège du commandement et de l'amour. Les paroles me communiquaient une ébriété dont il se pouvait qu'elle fût scéniquement magnifique, mais je ne savais pas jusqu'à quel tourbillon de délire elles me conduisaient, comme un autre navire emporté lui aussi par les vagues. ''O mon amour, je bavarde à tort et à travers et mon bonheur même est la cause de mon extravagance.'' * Bonheur, bonheur, bonheur ! Pourquoi ce son obstiné, ce mot qui se répétait ? Le virus de l'exaltation respirait-il en lui ou, en réalité, ce texte tant de fois déclamé avait-il enfin réussi à me captiver moi-même, transformant la virtuosité en un véritable esclavage ? Mentalement je me le répète, et il redevient pour moi un simple texte, un beau texte que j'ai appris, rien d'autre. Mais ce jour-là... Je menais Valentin par la main, à une allure qui mêlait la sollicitation au cérémonial, comme si, pour de vrai, ces événements irréels, qui ne connaissaient d'autre atmosphère que celle de la fiction, s'étaient emparés de mon âme et buvaient en moi, avidement, le sang de la vie, mettant leur obstination à être. Moi, j'obéissais à cette immixtion comme si, d'une certaine manière — et je conçois qu'il puisse être difficile de me comprendre — il eût été plus tolérable, dirais-je, d'obéir que de se révéler, ou comme si l'abandon à l'extravagante tourmente coûtait moins d'efforts que la maîtrise de celle-ci. Je pense maintenant que l'action est peut-être plus séductrice que l'inhibition, mais moins rationnelle. Ne divaguons pas. Quand nous eûmes quitté la scène pour revenir à notre salle, je me sentais mi-fatigué mi-exalté, parce qu'en plus du rôle que j'interprétais, je n'oubliais pas

* Shakespeare, *Othello*, acte II, scène I. (N.d.T.)

de surveiller chaque détail de la représentation, et cela ne me permettait même pas de prêter à l'état anormal qui s'emparait de moi l'attention qui eût été nécessaire. Je me souviens, me semble-t-il, avoir vu qu'un domestique remettait un pli à Valentin, que celui-ci en lisait le contenu en inclinant la tête et — cela, je me le rappelle tout à fait nettement ! — avec une sorte de léger sourire flottant sur ses lèvres ; après quoi, sans prendre aucune précaution, il laissa le papier plié en deux sur sa table de toilette. Je n'accordai aucune importance à cet incident, ou alors je ne m'en étais pas précisément rendu compte, encore que ce fait insignifiant déséquilibrât une nouvelle fois le fléau de ma balance, car dans ses plateaux à la sensibilité extrême une plume pouvait, à l'occasion, peser d'un poids plus lourd qu'une pierre. Mais ce fut un peu plus tard, après qu'on nous eut — le deuxième acte terminé — servi des punchs chauds, et alors que la représentation allait reprendre, que la brusque ouverture d'une des fenêtres donna au contretemps de la lettre sa signification ; occupant le rôle inducteur qui était le sien, l'incident s'inséra dans la trame embrouillée dont mon sentiment était victime et à laquelle ma volonté inoccupée transféra une énergie probablement aveugle, mais qui n'en avait pas moins, dirais-je, une intention déterminée. Depuis midi, un orage menaçait, qui finit par éclater, s'accompagnant de fortes chutes de pluie et d'intermittentes rafales de vent ; d'une de ses poussées imprévues, je viens de le dire, celui-ci ouvrit à deux battants une fenêtre mal assurée, faisant osciller les bougies et s'insinuant même sur le plateau, où les toiles et les atours des interprètes tremblèrent, gonflèrent de surprenante façon. Ce ne fut pourtant pas tout : la rafale, imprudemment, fit que la lettre de Valentin glissa de son appui et, entraînée par le courant d'air, vint frôler le brodequin de Iago, qui se trouvait à côté de moi. D'un geste machinal, il la ramassa et se mit à la lire quasiment sans s'arrêter à ce qu'il faisait là ; je fis de même, comme si sa curiosité involontaire attirait la mienne — coupable, elle — et il me parut que je déchiffrai en un instant : "Après, venez à ma chambre, mais sans oublier que vous êtes "mon amie", sans ôter votre costume. Ma qualité est ainsi préservée et nous ne prêtons pas le flanc aux soupçons..." J'entendis Iago qui, n'allant pas plus loin et froissant le papier dans sa main, prononça entre ses dents : "Oh ! singulière cachette de la concupiscence !" Il eut juste le temps de paraître aux yeux du public, mais il était déjà plongé dans le personnage qu'il interprétait. C'était le moment où Cassio demande à Desdémone qu'elle intercède pour lui auprès de moi, qui ai l'esprit mal disposé à son égard. Près de sa maîtresse se trouvait également le garçon qui, faisant fonction de camériste, incarnait Emilia. L'aveuglement que de telles superpositions provoquaient en moi m'enfonçait toujours davantage au sein d'un labyrinthe dans lequel, des vapeurs m'alourdissant la tête, il me semblait néanmoins progresser, quoique mes pieds perdissent lentement le contact avec la stabilité de la terre : je me sentais flotter, les tempes me brûlaient. Il n'empêche que j'avançais. Dans un nimbe qui à présent me rapproche de ces moments lointains, je vois l'expression de Valentin — je me trompe : de Desdémone — simulant avec l'art le plus raffiné une situation où j'apparaissais comme le maître absolu de ce qui, en réalité (et c'était là le harcelant contraste), me faisait défaut : la possession de cet être, irremplaçable. Ah ! comme je dus dire mon texte, en le voyant disparaître dans les coulisses, tandis que les intonations que j'adoptais ne se détachaient pas des lignes manuscrites que je me répétais en mon for intérieur ; mais en outre, je me rendais confusément compte que ces paroles étranges convenaient de manière tellement navrante à ce sentiment secret dont je prenais conscience, mon incapacité à briser la chape qui enveloppait mon esprit troublé : "Créature touchante, que je me perde si je ne t'aime pas ! Et quand je ne t'aimerai plus, ce sera de nouveau le chaos." * Le chaos ? Ce fut bien ce qui arriva. Comment pourrai-je l'expliquer ? Il est possible pour les auteurs de nous présenter sous de vives couleurs ce qui est chez eux le fruit de l'imagination, et non de la réalité, mais quand il arrive quelque chose

* Shakespeare, *Othello*, acte III, scène III. (N.d.T.)

d'inhabituel à un homme qui est debout et seul, quand on dirait que le foisonnement de la vie l'a choisi pour dépositaire de son irrépressible force, on ne peut qu'affirmer : c'est moi qui fis cela, oui, ce fut moi. Comment, toutefois, comment cela fut-il ? Comment reconstruire méticuleusement une impulsion passagère qui, dans l'instant où elle nous surprend et nous détache de notre orbite, a pour résultat que nous oublions notre être propre, du fait même de cet arrachement brutal qui dilate notre puissance ? Ce dont je me souviens bien, c'est que la scène, ce sommet de l'œuvre au cours de laquelle la mauvaiseté de Iago s'écoule comme un poison vert, la jalousie (''Oh ! mon seigneur, prenez garde à la jalousie ! C'est le monstre aux yeux verts qui se joue de la proie qui le nourrit...'' *) produisit sur moi les effets d'un cauchemar s'agitant à l'intérieur de l'être et s'accompagnant, pour ainsi dire, d'une sensation physique de nausée, que l'on éprouve un urgent besoin d'éliminer. Cette scène, que je supportai héroïquement du début à la fin, prit réellement pour moi la consistance d'un outre-monde et je ne sus ni ne pus désormais élucider où finissait Othello, où commençait la frénésie de mon destin propre. Il faut que je fournisse cet éclaircissement : pas un seul instant je ne confondis Valentin avec Desdémone, il ne s'agissait pas de cela. Cette superposition d'Othello à mon

* Shakespeare, *Othello*, acte III, scène III. (N.d.T.)

être me dévoilait à moi-même plus qu'elle ne me confondait avec lui ; elle me suggéra, lucidement, horriblement, que mon histoire était analogue. Et se servant de l'angoisse farouche et aveugle qui déjà me dominait, elle guida ma cécité sur ce chemin aussi décisif que libérateur. Aujourd'hui encore, je ne comprends pas comment je pus arriver jusqu'à la fin, répétant mécaniquement les mots de ce texte qui — s'il est vrai qu'ils appartenaient à une évocation étrangère à mon histoire — acquirent sur mes lèvres une autonomie qui m'hallucina ; ils me transformèrent en un être distinct d'Othello mais aussi de moi-même, distinct de moi à force de m'ignorer, puisque les sournoises et terribles ressources enfermées en nous se manifestent tout d'un coup dans une part si prédominante de notre personne qu'elles finissent par annuler, sous les effets de leur lumière crue, la présence de ce que nous sommes habituellement. Mon Dieu, d'où surgit en moi, à quelle somnolence spectracle s'arracha la traînée de cette force intacte qui permit que mes mains, peu habiles jusqu'à cet instant, entreprissent un sanglant travail en y mettant la même impassibilité que le couteau qui remplit sa fonction ou la balle qui creuse la trajectoire mortelle ? Iago m'avait dit : "Etranglez-la dans son lit." * Mais l'insinuation, l'injonction ? Ne venaient-elles pas de beaucoup plus loin, du fond même de

* Shakespeare, *Othello*, acte IV, scène I. (N.d.T.)

profondeurs très étranges, et néanmoins installées en moi ? A quel moment imprévu, qui ne peut se calculer ni se mesurer, la conscience claire est-elle délogée, tandis que font irruption, dans un élan grandiose et subjugueur, la face haletante et le criminel dessein de la liberté la plus hardie ? Jusqu'à quel point j'ai mené la fiction, je me le rappelle. La scène était obscure. Et, dans la salle, ces centaines d'yeux attentifs, de cœurs étreints suivaient ma progression vers le lit où Valentin-Desdémone feignait de dormir, son corps de garçon se dessinant sous les plis sculpturaux de la gaze féminine. Pour la dernière fois, je m'arrêtai, avec l'avidité irréalisable qu'on éprouve en contemplant la mer infinie, à cette concrétion légère, humaine, pour qui j'avais perdu le jugement et la foi. Je m'entendis dire encore, à côté de lui : *It is the cause, my soul, it is the cause* *. Tout se précipitant de manière vertigineuse, je sortis de mon rôle, m'enfonçai avec une violence soudaine dans le sentier tortueux que m'ouvrait mon destin et plaçai mes deux mains sur le cou parfumé, comme si deux anneaux doués de vie eussent menacé, brutaux et incohérents, cette tige florale. Il se révèle difficile à présent de reproduire, mentalement et à froid, un acte qui ne concorde pas avec la pensée : car sa texture passionnée relève de l'instinctif et, pour son accomplissement, c'est l'émotionnel qui est sollicité en nous.

* Shakespeare, *Othello*, acte V, scène II. (N.d.T.)

De nouveau, comme en cette aube déjà lointaine, je sentis que quelque chose descendait de l'irréductible source de mon être ; cela avait été alors la précipitation de l'amour, c'était maintenant une violence mortelle — dans les deux cas, le flux asservissant d'une potentialité qui me dépassait et qui éprouvait la nécessité, ainsi que les houles, de rompre son élan en débordant de la matière même où elle avait trouvé le mouvement de sa sombre impulsion. Ce furent, sans doute, des minutes pareilles à des siècles ou, au contraire, d'une rapidité si grande que c'est aujourd'hui que je regarde comme un effort cet instant-là, vertigineux, et qui fut seulement fait d'une pression farouche et d'une inconscience chargée d'intentions. Je me souviens uniquement qu'enveloppées de brouillard dans mon cerveau, se confondirent, tels deux pôles de mon angoisse, l'idée douloureuse qu'après la représentation je ne pourrais m'avancer comme à l'accoutumée pour recueillir les applaudissements, la main dans celle de mon *partner* disparu, et l'autre, la plus insupportable, de m'imaginer épiant bientôt, dans le calme de la nuit, le moment où Valentin, s'il continuait à vivre, traverserait le long couloir et donnerait avec les jointures de ses doigts un léger signal à la porte qui lui promettait tant. Pris entre ces tenailles, ce fut moi qui serrai — et sans retour. Saisi, je crois, par la surprise plus que par la terreur, Valentin employa ses mains pour détacher les miennes de son cou, avec lequel elles avaient formé une sorte de pâte ignée, mais la lutte fut inutile et, devant son insuffisance, il se laissa faire ; vers la fin il agita plutôt les bras, tâchant de se redresser, dans un dernier soubresaut qui se révélait tardif. Je me rendis alors compte qu'avec mon genou, qui agissait à la façon d'un coin sur son diaphragme, je lui avais immobilisé le corps, tandis que mes mains faisaient de même pour sa tête aux yeux exorbités et, à travers ces deux contacts brûlants, j'aurais dû percevoir l'instant où sa vie s'échappait, ainsi qu'un oiseau s'envole. Quoique je n'aie rien remarqué. Hormis que mon front, comme il arrive à la suite d'un effort démesuré, était inondé de froides gouttes d'horreur. Et aussi la rumeur de la salle, dans laquelle les spectateurs, abusés par le réalisme exacerbé de ce à quoi ils venaient d'assister, applaudirent ! Au milieu de cette incroyable extravagance, on entendit un cri de femme épouvantée, qui provoqua parmi l'assemblée un attroupement confus. Ce fut alors que notre Falstaff entra brusquement et se jeta sur moi, sans qu'on sût si c'était pour m'insulter ou pour me plaindre : ''Fou ! Fou !...'' Pourquoi redire cela ? Le cercle s'est accompli et la clef qui fixa la chaîne de mon destin dans sa serrure mortelle, la voilà perdue pour toujours.

Tels sont les événements désastreux que je fus appelé à incarner et entre les détours desquels je suis devenu peu à peu, et irréparablement, ce qu'il fallait que je sois : la révélation de moi-même. Dessein qui, en se réalisant, se mua en ce que je suis désormais et qui m'a laissé sans protection, ce qu'on prendra éventuellement pour un échec — peut-être apparent, puisque je ne laisse pas d'entrevoir, par-dessous la trame dans laquelle je me débattis, le fil rampant d'une intention clarifiante ; je conviens toutefois que celle-ci, par l'aspect effroyable de son accomplissement, s'est avérée excessive. J'ai frappé à ma porte, parce que ma voix était la seule qui pouvait, depuis l'intérieur, répondre à mon énigme. *The rest is silence.*

ACHEVÉ D'IMPRIMER
EN JUILLET 1987
SUR LES PRESSES DE L'IMPRIMERIE
A. BARTHÉLEMY
- ANCIENNE MAISON DES OFFRAY -
IMPRIMEURS EN AVIGNON
DEPUIS 1640
POUR LE COMPTE
DES ÉDITIONS ACTES SUD
PASSAGE DU MÉJAN, 13200 ARLES